DREAMBOOKS★

강령술사

FUSION FANTASY STORY & ADVENTURE

정은호 퓨전판타지 장편소설

1

dream
books
드림북스

강령술사 1

초판 1쇄 인쇄 2015년 3월 23일
초판 1쇄 발행 2015년 3월 30일

지은이 정은호
발행인 오영배
책임편집 편집부

펴낸곳 (주)삼양출판사 · 드림북스
주소 서울시 강북구 도봉로 173
대표 전화 02-980-2112 **팩스** 02-983-0660
출판등록 1999년 3월 11일 제9-00046호

ⓒ 정은호, 2015

ISBN 979-11-313-0314-6 (04810) / 979-11-313-0313-9 (세트)

드림북스는 (주)삼양출판사의 판타지 · 무협 문학 브랜드입니다.

강령술사

1

FUSION FANTASY STORY & ADVENTURE

정은호 퓨전판타지 장편소설

dream
books
드림북스

목차

Chapter 1
신내림

"예? 뭐라고요?"

경식은 고래가 하늘을 날아다닌다는 말이라도 들은 것처럼 고개를 갸웃하며 아버지를 바라봤다.

아버지는 한숨을 푹 내쉬며 다 이해한다는 듯 경식을 다독였다.

"그래, 네가 지금 이 상황을 이해하지 못한다는 건 이미 알고 있다. 하지만 엄연한 사실이지. 알고 있지 않느냐? 우리 집안이 어떤 집안인지 말이다."

도대체 우리 집안이 어떤 집안인데? 그냥 평범한 중산층 아니었나?

하지만 조금 더 기억을 되짚어 간 순간, 경식은 한 가지 사실을 떠올리고야 말았다.

하긴, 매사에 장난이 없으시던 아버지께서 안방에 자신을 불러놓고 헛소리를 하시지는 않으시겠지.

경식은 손가락을 들어 자기 자신을 가리켰다.

"그렇다면…… 제가?"

아버지가 한 번 더 한숨을 내쉬며 고개를 끄덕였다.

"네 할아버지가 그러시더구나. 신기가 너에게 옮겨가고 있다고 말이다."

"……에이 설마요. 설마요!"

경식은 일단 부정했다. 부정할 수밖에 없었다. 아직 그의 나이는 꽃다운 18세이고, 공부도 곧잘 해서 자신이 원하는 대학을 향해 거침없이 달려가고 있는 중이었다.

이런 자신이 뭐?

무당이 될 팔자라고?

"아버지는 신내림 안 받으셨잖아요!"

"그랬지."

"그런데 왜 저는 받는 거죠?"

아버지는 진지하게 말씀하셨다.

"대머리도 한 세대는 건너뛰는 경우가 있다고 하잖느냐."

"그런 이상한 말을 진지한 표정으로 하지 마시라고요!"

아버지는 계속해서 한숨만 내쉴 뿐이었다.

"내일 당장에 신내림 받으러 가자. 그래야 네가 산다."

"그, 그럴 리 없어요. 그럴 리 없어."

경식은 주문이라도 외듯 중얼거리며 자신을 위로했다. 멀쩡한 자신이 신내림을 받아야 할 팔자라니, 누가 그걸 믿겠는가 말이다!

"휴우. 그래, 강요하지 않으마."

그런데, 평소 같았으면 몽둥이부터 들고 어떻게든 자신의 생각을 억지로 강요했을 아버지이건만, 의외로 순순히 고개를 끄덕이셨다.

"네 할아버지께서 너에게 강요하면 안 된다고 하셨다. 마음으로부터 받아들여야 진정으로 신을 모실 수 있다고 말이다."

"하하. 하! 그럼 전 신내림 안 받을 겁니다!"

미쳤다고 무당이 될까!

하지만 아버지는 또 한 번 순순히 고개를 끄덕인 후 오히려 걱정이 된다는 듯 되물었다.

"너, 혹시 몸이 으슬으슬 떨리거나 밥맛이 없지 않니?"

"헙!"

그러고 보니 며칠 전부터 찌뿌둥하긴 했다. 밥도 잘 넘어

가지 않고 특히 좋아서 환장하는 고기나 밀가루 음식 같은 것은 생각조차 나지 않았다. 가족들이 삼겹살을 구워 먹을 때 냄새만으로 헛구역질이 나올 정도였으니 말이다.

경식은 순간 머릿속에 한 단어를 떠올렸다.

신병.

위로휴가 나가는 그런 신병이 아니었다.

말 그대로 신내림을 거부하거나 신이 몸에 내리기 전에 발생하는 초자연적인 현상을 말했다.

몸이 아프거나 환상을 보거나…… 아무튼 사람이 사람답게 살 수 없게끔 만들고 의학적으로는 고칠 수 없는 그런 희귀한 병을 말한다.

즉, 벌써 신병이 나고 있다고 아버지가 말씀하시는 것이다.

"이, 입맛 없고 으슬으슬 떨리면 무조건 신병인가요!"

"신병이라고 말 안 했는데?"

"……."

"그래도 걱정은 되는구나."

"……."

아버지는 진지하게 다시 한 번 말씀하셨다.

"나도 아니길 빈다. 세상의 어떤 부모가 자식이 무당이 되길 원하겠느냐?"

"그런데 나한테 왜 이러세요!"

"낸들 이러고 싶어서 이러겠느냐. 휴우! 나도 네가 신내림을 받지 않았으면 한다. 그러니 잘 듣거라."

아버지의 목소리가 간곡해진다.

"네가 신병이 아니라면 그러다가 말 것이다. 몸 상태가 갑자기 안 좋을 수도 있는 거겠지. 하지만 신병이라면 왠지 가슴 한 구석이 답답할 것이다. 살도 많이 빠진다고 하더구나. 그리고 집중이 좀처럼 되질 않고 항상 들떠 있는 기분이 든다고 했다. 어디가 아프긴 한데 어디가 아픈지 자세히 모르고 병원을 가보면 아무런 이상이 없다고……."

"그, 그만 해요. 그만 들을래요. 아버지."

경식은 귀를 막고 고개를 저었다.

내가 신병이 났다고?

에이, 설마.

그때는 꽤나 가볍게 생각했던 것 같다.

*　　　*　　　*

"으어어어어어."

하지만 그 후 1달 만에 경식은 완전히 폐인이 되고 말았다.

키 178에 72kg이던 체중이 60kg으로 쭉 빠졌고, 밥은 커녕 물조차 겨우 넘길 정도로 몸 상태가 안 좋아졌다. 공부 역시 마찬가지였다. 공부를 하려고 책을 펴면, 자신이 무슨 책을 폈는지조차 기억이 나질 않는 수준이 되었다.

문득 주변을 둘러보며 '여긴 어디지. 난 누구지'라는 생각이 들어 정신을 바짝 차리려 노력해 보아도 1분도 채 지나지 않아 '여긴 어디지. 난 누구지'라는 생각이 다시금 머릿속을 지배한다.

이건 뭐 치매에 걸린 게 아닌가 싶을 정도다.

더군다나…….

"어흑."

경식은 가슴 한곳을 부여잡고 인상을 찌푸렸다. 가슴 한 구석이 딱딱하게 몽우리 진 듯한 느낌이 며칠 전부터 계속 들고 있었다.

"뭐, 뭔가가…….

뭔가 가슴에 자신이 아닌 다른 이가 침투하고 있는 것 같은 기분 나쁜 느낌!

"으아아아아아악!"

경식은 비명을 지르다 혼절했다.

꿈속에선 누군가가 경식을 뚫어지게 바라보고 있었다.

허공 속에서 누군가가 모습을 드러냈다.

한 명의 여자였다.

신기하게도 얼굴이 경식과 비슷하게 생긴 여자였다.

물론 경식이 학교에서 인기 좀 있을 정도로 곱상하게 생기긴 했지만 여자에게 비할 바는 아니다. 그저 경식과 상당히 비슷한 외모에 분위기가 풍기는 여자다.

그것도, 상당히 예뻤다. 외국인인지 이국적인 외모에, 자신과는 달리 흰 머리카락과 은색 눈동자를 가지고 있었으니까.

여인이 경식에게 손을 뻗으며 말했다.

[오너라. 나에게로.]

"……시, 싫어!"

경식은 무의식 속에서도 발악을 하며 발버둥을 쳤지만 몸이 움직이지 않았다. 여인은 피식 웃으며 경식에게로 한 발자국 다가왔다.

경식은 뒤로 물러나려 했지만 벽에 부딪친 것처럼 몸이 뒤로 나아가질 않았다.

결국 여인은 경식의 목을 틀어쥐었다.

[두 번 말 않는다. 오거라!]

"싫어!"

[뭬야? 아니, 오라면 올 것이지! 오란 말이 말 같지 않느냐?]

여인은 그리 외치며 경식에게로 달려와 목을 졸랐다.

"으아아아아아악!"

간신히 꿈에서 깬 경식은 거친 숨을 몰아쉬었다. 이마를 훔치자 식은땀이 흥건했다.

벌떡 일어나 거울을 보았다.

경식의 하얀 목엔 손 모양의 멍 자국이 선명하게 그려져 있었다.

"마, 말도 안 돼. 이건 말도 안 된다고…….”

경식은 더 이상 참을 수가 없었다.

"아, 아버지.”

"준비는 되었느냐.”

아들이 힘들어하는 모습을 1달째 참고 보고만 있어야 했던 아버지 역시 마음이 편할 리가 없었다.

게다가 목에 난 선명한 상처를 보고, 내색은 안 했지만 아버지는 말도 못하게 많이 놀란 상태였다.

아버지가 경식을 꼭 끌어안았다.

"빨리. 할아버지에게 가자꾸나.”

"네…….”

두 부자는 꼭 끌어안은 채 한동안 그렇게 있었다.

아버지에게 안기자 뜨거운 체온이 느껴져 좀 살 것 같았다.

'흑. 내, 내가 신병이라니. 군대도 안 갔는데 신병이라니!'

자신이 생각해도 헛소리였지만, 이렇게라도 자신을 위로하지 않으면 지탱할 수 없을 것만 같았다.

*　　　*　　　*

아버지가 경식을 업고 반나절 정도 산을 올랐을까? 깊은 산골에 어울리지 않는 거대한 한옥집이 모습을 드러냈다.

마당이 꽤나 넓었는데, 그곳에는 제사상과 함께 흡사 귀신같이 보이는 노인 하나가 아버지와 경식을 기다리고 있었다.

"왔느냐?"

"아버지. 기다리고 계셨습니까?"

"언제 올지 뻔히 아는데 기다리긴 왜 기다려? 준비까지 다 해 놓았구만."

할아버지는 그리 말하며 경식을 바라본다.

"으잉, 쯧쯧쯧. 불쌍한지고. 그래도 너무 서운케 생각지 말거라. 이 신내림이라는 게 그리 나쁜 것만은 아니니라."

"으으으……."

"흐음, 역시 상태가 심각하구나. 어서 굿을 준비하자."

내림굿.

말 그대로 신내림을 이행하는 굿판을 벌이겠단 소리였다.

"버, 벌써 굿을 준비하다뇨? 아직 온 지 얼마 되지도 않았는데요."

"아이 상태가 이런데 빨리 낫게 해 줘야지. 이대로는 집에 들어와도 아무것도 못 해! 밥이나 제대로 먹을 수나 있겠느냐?"

"……."

할아버지가 애정 어린 손길로 경식의 머리를 쓰다듬었다.

"오랜만에 보는구나."

"으으, 할아버지."

10여 년 만에 보는 얼굴이지만, 경식은 할아버지의 얼굴을 알아볼 수 있었다. 아니, 못 알아보면 그게 더 이상한 거였다.

'저렇게 귀신처럼 생겨서 나 무당이요, 하는 사람을 못 알아보면 그게 안면인식장애지…….'

그러건 말건, 할아버지는 그 말에 기뻐했다.

"허허, 날 알아보는구나. 기쁜지고."

"으으으으."

"잘 듣거라, 경식아. 우리 집안은 대대로 모시는 신이 있었다. 네가 21대이니라."

"오, 오래도 뫼셨네요."

"5백 년은 되었으니 말이다."

할아버지의 말은 이제부터가 시작이었다.

"천 년 전, 선조께서 요괴였던 그분을 죽인 후, 봉인하셨다. 결코 친해질 수 없는 만남이었지. 하지만 봉인된 그분은 대를 거쳐 오며 탈출을 포기하셨고, 그 후부터는 순순히 신통력을 빌려 주는 식으로 우리와 공생하셨다. 물론 대를 이어감에 따라 그분의 힘도 많이 약해 지셨지. 그분이 너에게 말을 걸어오거나 하는 일은 이제 없을 테니 안심하거라."

"마, 말 걸던데요?"

경식은 꿈속에서 자신의 목을 졸랐던 여인을 빗대어 그리 말했다.

할아버지는 고개를 저었다.

"개꿈이겠지. 그분은 나의 증조할아버지 대에서 자신의 자아를 유지하길 포기하셨다. 깊은 잠에 빠지신 거지. 하지만 그럼에도 불구하고 신통력은 빌려 주셔서, 지금도 잘 먹고 잘 살 정도의 신통력은 갖다 쓸 수가 있단다."

결국 5백 년 전에 죽인 것도 모자라 영혼마저 가둬 놓고 열심히 힘 빼서 쓰다가 본체가 지쳐서 '이럴 바에야 잠이나 자겠다' 며 죽은 듯이 잠든 이후에도 계속해서 힘을 빨아먹고 있다는 소리였다.

'뭐야. 뭔가 모신다기보다는 곰 담즙 빼먹는 얌체 밀렵꾼 같은 느낌인데?'

아무렴 어떤가. 신의 사정 따위 알 바 없었다. 말을 걸어오지 않는다고 하니 기분 좋을 뿐이다. 그냥 힘만 빼서 사용하는 느낌이니, '신을 모신다' 기보다는 '신을 강제로 사용한다' 는 표현이 옳으려나?

할아버지가 한쪽 눈을 찡긋 하며 씩 웃었다.

"그리고 나의 연봉이 20억이니라."

"……뭐라굽쇼?"

20억이라면 웬만한 전문직 연봉보다 높았다. 아니, 2억만 되어도 웬만한 의사 연봉보다 많을 것이 분명하다.

전문직을 초월하는 연봉!

사실 따지고 보면 무당이야말로 전문직이기도 했다.

"그만큼 이분의 신통력이 좋다는 말이란다. 아주 유익한 분이지 않느냐?"

"그, 그러네요."

연봉 20억이라니. 신을 받아들이기만 하면 20억을 벌 만큼의 신통력을 얻다니!

"게다가 너는 남자. 그것도 젊은 박수무당(남자무당)이기 때문에 몸값이 비쌀 게다. 정계와 연예계에 아는 사람이 꽤 있으니 이 할애비가 홍보 잘 해 주마. 혹시 아느냐? 무속인으로 연예계에 데뷔할지. 우리 손주 정도면 어디 빠지는 외모는 아니지 않느냐?"

……산속에서만 사는 양반 치고는 상당히 근현대적인 시각을 가지고 있는 듯했다.

"아, 아무튼 살아야 하니 잘 부탁드려요."

"그래, 이제 내림굿을 시작하마. 내 손자의 아픔을 더 이상 보고 싶지 않구나."

옛날. 자신이 신을 받아들이던 때의 생각이 나는지 할아버지는 한숨을 푹 내쉬며 지그시 눈을 감았다.

"보통 무당은 크게 강신무와 세습무로 나뉜단다. 너처럼 신병을 앓고 신령을 어쩔 수 없이 받아들이는 강신무! 그리고 집안 대대로 무당 일을 해온 세습무! 경식아. 너는 세습무당의 자손임에도 불구하고 신병을 앓은 강신무이다. 대개 무당은 고통을 자신의 힘으로 승화시키는 능력을 가지고 있지. 네 신통력은 당대 그 어떤 선조들보다 강할지도 모른다. 이 할애비는 기대가 되는구나! 네 연봉이 얼마나 될지 말이다!"

"아, 아니 뭐 그런 말을 되게 진지하게……."

"끼요오오오오오옷!"

할아버지가 약간 남들이 봤다면 창피했을 법한 기합성과 함께 눈을 떴다.

그러자 눈동자가 흰자위만 남아 있었다.

그리고 곧 들고 있던 방울을 크게 휘두르며 춤을 추는 것이 아닌가?

"##$#%#%#%"

한국어도 영어도 아닌 이상한 언어가 할아버지의 입에서 토해져 나왔다. 그렇게 몇 번을 춤을 추고서야 멈춘 할아버지는, 경식에게 달려와 방울로 경식의 몸을 마구 두드리기 시작했다.

퍽! 퍽퍽!

"아, 아파요."

아팠다. 진짜 아팠다. 말 그대로 쇠몽둥이로 찜질하는 것처럼 아팠다.

"이곳으로. 이곳으로 오시옵소서!"

"아, 아프다니까요! 젠장!"

"오시옵소서어!"

"으어엉."

경식은 왜 자신이 이러고 있어야 하는지 알지 못했다. 그저 죽기 싫어서 신을 받아들이는 것일 뿐, 여기에 경식의 생각이나 의지는 아무것도 없었다.

'그래, 어떤 놈인지 와라. 신내림 까짓 거 받지 뭐.'

개똥밭에 굴러도 이승이 낫다는데, 이승에서 살려면 받아들여야 한다는데, 우선 받아들이고 봐야 하지 않겠는가 말이다.

'게다가 나는, 아직 여, 여자랑 손도 못 잡아 봤다고!'

결코 죽을 수 없는 이유. 그것이 그의 의지를 강하게 붙잡고 내림굿을 견디게 해 주고 있었다.

그리고 순간, 경식은 무언가가 몸으로 들어오는 것을 느꼈다.

"뭐, 뭐가 들어와요!"

"그걸 받아들여라. 어서 열어!"

"뭘 열어요!"

"마음의 문을 열어!"

"열란다고 열립니까, 그게!"

뭔가가 자꾸 부딪쳐 왔다. 들어오려는데 튕겨 나가는 듯한 느낌이다. 부딪칠 때마다 그의 가슴이 깨질 듯이 아파왔다.

쾅! 쾅!

"아파! 아프다고! 아오!"

"욘석이! 받아들이라니까! 아니면 네가 죽어!"

"으어어어. 뭐 어쩌라는 겁니까."

마음의 문을 열라고 하니까 더더욱 못 열겠다. 그게 무슨 손바닥 뒤집듯 되는 것도 아니고, 열고 싶다고 열리는 게 아니기 때문이다.

할아버지의 얼굴이 심각해졌다.

"계속 이러다간 영혼이 없는 '실혼인'이 될 가능성이 높다."

"실혼인이 뭔가요?"

"말 그대로 네 몸을 신께서 완전히 장악한다는 뜻이다! 신내림이 아니라 빙의가 된단 말이야!"

"으어어어. 아, 안 돼. 싫어!"

경식이 그런 생각을 하며 패닉에 빠질 즈음이었다.

할아버지가 다급하게 외쳤다.

"네가 곧 벌 연봉을 생각하거라! 요즘 여자들은 학벌 말고 재벌을 따진댔다!"

"아니 그런 말이 지금 가당키나 합니까아!"

응? 그런데 그 말을 들으니 왠지 마음의 문이 열리는 것 같기도 하고?

'와, 나 진짜 속물이구나.'

그런 생각을 하며 신인지 뭔지를 곧이곧대로 받아들이고 있을 때였다.

일이 잘 된 것을 확인한 할아버지가 흐뭇하게 웃으며 한 마디 했다.

"아아, 구미호시여! 이제 나의 몸에서 벗어나 저 아이의 몸으로 들어가시지요!"

"……."

뭐야. 신이라는 게 구미호였어?

"나루토여, 뭐여!"

경식이 그리 말하며 비명을 지를 때였다.

머릿속에서 뭔가, 여자의 목소리 같은 것이 들려 왔다.

일전에 자신의 목을 조르던 그 여인의 목소리였다.

[훗, 진작 이럴 것이지.]

"누, 누구세요!"

허공에 말을 하는 손자를 바라보며 할아버지는 묘한 표정을 지었다.

"목소리가 들리느냐? 허허! 있을 수 없는 일이로고. 아무튼 그게 바로 구미호 님이란다!"

"다, 당신이 구미호 입니까?"

경식이 놀라서 소리쳤다.

[이상한 소리를 하는구나. 아무튼 내 손아귀에 잡혔으니, 잠자코 따라오는 게 좋을 것이야.]

"……뭐요?"

경식은 더 이상 말을 할 수 없었다. 그의 몸에서 괴상한 빛이 뿜어져 나오더니 그의 몸을 완전히 휘감아버렸기 때문이다.

그리고 그 빛은 곧 주변을 모두 감싸서 새하얀 어둠을 만들어 냈다.

촤아아악!

빛 무리가 사라졌다.

"……경식아?"

"…….."

아버지와 할아버지는 경식이 있던 자리를 멍하니 바라봤다. 빛이 뿜어져 나온 후, 경식은 그곳에 없었다.

Chapter 2

낯선 세계에 떨어지다

쿠당!

"아야야⋯⋯."

엉덩방아를 찧었는지 엉덩이가 아팠다.

뭐, 당연한 건가.

"웃챠."

경식은 벌떡 일어나려 했지만 발이 미끄러워 다시금 엉덩방아를 찧었다.

엉덩이가 아팠다.

뭐, 당연한 거였다.

'뭐에 미끄러진 거지?'

라는 생각을 하며 주변들 둘러본 순간, 경식은 생전 처음 보는 낯선 광경에 사로잡혀 얼떨떨한 표정을 지을 수밖에 없었다.

이곳은 조금 전, 아버지와 함께 오르던 그런 평범하고 조촐한 동산 따위가 아니었다.

손바닥 두 개 크기의 나뭇잎이 주렁주렁 매달린 나무들이 지천에 널려 있고, 생전 처음 보는 꽃과 풀들이 엄청나게 깔려 있는 흡사 아마존 같은 곳이었다.

숨을 쉬는 것만으로도 엄청난 습기가 몰려 와서, 벌써부터 몸이 땀에 젖는 느낌이 들 정도다.

그래.

이곳은 고온다습한 아마존이었다.

'뭐지. 나는 이 상황을 어떻게 이해해야 하는 거지?'

혼란에 빠져 있을 때, 그의 귓가에 누군가가 속삭이는 소리가 들려 왔다.

[얌마. 정신 차렸어?]

꽤나 히스테릭한 여성의 목소리였다.

"누, 누구세요?"

[누구긴 누구야. 받아들여놓고 모른다고 하네, 얘가?]

"……."

뭐야. 잠들어 있다며? 방금 나에게 말을 건 것은 잠꼬대인 건가? 그런 것치곤 상당히 알은척을 하던데?

그런 생각을 하며 경식은 조심스레 말했다.

"구, 구미호 맞아요?"

[엉. 구미호야, 구미호.]

"자, 잠자는 거 아니었어요?"

[깨어났는데?]

"……헐!"

한 사람의 인생을 좌우할 만한 이야기를 구미호라는 게 아무렇지도 않게 내뱉고 있었다.

그나저나 세상에.

무려 구미호라니?

별로 좋은 감정은 일어나지 않는다. 자신의 몸에 빌붙어 산다는데 누가 좋아할까?

그리고 기왕 자신의 몸에 살아야 한다는 구미호라면, 초반 기세가 중요했다.

상전처럼 모시라고?

누구를 60년대 할아버지로 아나!

패기 넘치는 고딩 정경식은 절대 그럴 위인이 아니었다!

"그럼 넌 내 몸에 들어온 거냐?"

[……너? ……거냐아아아?]

흠칫!

경식은 위협하듯 말하는 구미호의 반응에 몸을 떨었다. 하지만 동시에 떠올렸다.

저 구미호 때문에 앓아야 했던 1달간의 신병을.

그리고 자신의 꿈에 나타나 자신의 목을 졸랐던 그 악독함을!

그래! 설마 죽이기야 하겠어?

경식은 당당하게 가슴을 폈다.

"그래! 반말했다, 어쩔래! 남의 몸에 함부로 들어와 놓고는 주인 행세 하려고 하는데 몸 주인이 이 정도도 못 해!"

[하! 정말 기가 막히고 코가 막힌다, 그쵸.]

구미호가 기가 차 했다.

[오백 년 전에 잘 살려고 하는 나를 봉인한 게 누군데 그래? 내가 약한 틈을 타서 얌체처럼 나를…… 나를 그 비루한 몸에 가뒀어! 알아!?]

"몰라! 오백 년 전 일인데 내가 어떻게 알아! 하지만 대물림해서까지 이렇게 우리 집안에 복수하는 쪼잔함은 아주 잘 알겠다!"

[뭐! 대물림 하면서까지 날 가둬 놓은 새끼들의 새끼가 할 말은 아니지 않냐아아!]

"할아버지 위로는 이름도 몰라! 배째!"

[진짜 째?]

흠칫.

[확 째?]

덜덜덜.

경식은 기세를 몰아붙이지 못하고 꼬리를 내려야만 했다.

"꼭 그렇게까지 할 필요가 있을까?"

구미호는 기가 막혀서 한숨을 내쉬었다.

[어휴. 그리고 너 뭔가 착각하고 있나 본데, 난 네 몸에 지금 들어가 있지 않아. 반만 걸친 상태라고.]

"반만 걸친 상태라니?"

[네가 나를 받아들이기 전에 이상한 일이 생겨서 이곳에 떨어졌어. 상황 파악 됐니?]

"아니, 전혀 안 됐는데?"

[보기보다 더 멍청하구나?]

울컥.

경식은 뭔가 울컥하는 걸 느끼며 뭐라고 말을 하려 했지만, 그 다음으로 이어지는 구미호의 말에 할 말을 잃었다.

[에휴 말년에 무슨 고생이야? 너는 멍청하지, 봉인은 오백 년 동안 당해서 꼬리도 쏙 들어갔지, 게다가 이상한 세상에까지 떨어졌잖아?]

"이상한 세상이라니?"

[흐음. 나도 사실 실감이 안 나긴 하는데, 하늘을 봐볼래?]

구미호의 말에 하늘을 보았다.

나뭇잎에 가려 하늘이 훤히 잘 보이진 않았지만 고개를 몇 번 돌리자 뻥 뚫린 곳을 찾을 수 있었다.

그곳엔 달이 있었다.

헌데 달의 크기가 이상했다.

"무슨 달이 저렇게 커?"

그가 보아왔던 달보다 족히 2배는 커보였다. 그가 보던 달이 십 원짜리 동전이라면, 지금 눈앞에 있는 달은 거짓말 조금 보태서 오백 원짜리만큼 컸다.

[아직도 상황이 이해되질 않니? 여기는 말이야…….]

말을 이어가던 구미호가 다급하게 소리쳤다.

[피해!]

"응?"

꾸애애애액!

흡사 돼지가 멱따는 소리와 함께 쿵쿵거리는 발자국 소리가 가까워져 왔다.

뒤를 돌아보자,

그곳에는 초록색 피부에 돼지의 머리를 한 직립보행의 괴물이 그에게로 점점 가까워져 가고 있었다.

"뭐, 뭐여 저팔계여!"

꾸에에엑!

쾅!

불이 번쩍 하며 시야가 새까맣게 변했다.

풀썩.

*　　*　　*

"으, 으으으."

경식은 오만상을 찌푸리며 자리에서 일어났다. 머리가
띵하고 다시금 눕고 싶었지만, 그럴 수는 없었다. 지금이
위험한 상황이란 것쯤은 경식도 잘 알고 있었기 때문이다.

[정신이 좀 들어?]

구미호였다.

경식은 인상을 찌푸리며 고개를 끄덕였다.

"아이고 머리야…… 뭔가 날 때린 것 같은데…… 아! 그
저팔계 같은 건 뭐야!"

[무슨 요괴 같은 거겠지. 이곳에 사는.]

"이곳이 어디인데?"

[그건 나도 몰라. 확실한 건 우리가 살던 세상과는 전혀
다른 세상이라는 거야.]

"……하하. 무슨 장난 같은 소리야, 그게?"

[나도 사실 믿기 힘들었지만, 이곳은 전혀 다른 세상이야. 이 누나 믿어도 좋아.]

경식은 모든 상황이 짜증 나는 가운데에도 차분한 구미호가 마음에 들지 않았다.

뭐랄까. 괜히 비아냥거리게 된다고나 할까?

"세상에. 여우를 믿으라고 여우가 말하고 있는데 이걸 믿어야 할지 모르겠네."

[얘가 아까부터 계속 말이 짧네?]

"……그, 그러면 어쩔 건데?"

[어쩌긴. 정말 배를 째야지.]

그 말에 경식은 어떻게 반응할까 하다가, 코웃음을 치기로 했다.

솔직히 말해서 처음에 구미호가 배를 째니 어쩌니 할 때는 무서웠다. 하지만 바꿔서 생각해 보니 쨀 수 있었으면 벌써 쨌을 거라는 생각이 든다.

저 구미호는 말은 저렇게 해도 경식이 필요한 것이다. 그래서 지금 초장에 기선제압을 하려는 것이고 말이다.

거기까지 생각한 경식이 당당히 웃으며 말했다.

"째시던가?"

[…….]

"큭큭. 배를 째긴 개뿔이. 내 몸속에서 기생이나 하는 주제……."

화아아악!

그때, 갑자기 공기 중에 붉은 불길이 치솟는가 싶더니 점차 형태를 띠기 시작했다. 그 형태라는 것이 사람의 것이었는데, 바람이 불어 허물이 벗겨지듯 불길이 가시며 한 여인의 모습이 드러났다.

붉은 머리카락을 치렁치렁 풀어헤친 새하얀 피부의 여인이었다. 얼마나 붉으냐 하면, 머리카락이 불에 타오르고 있어도 저런 밝은 붉은 색으로는 안 탈 것 같다고나 할까?

붉은색이라기보다는 다홍색이었다.

눈동자 역시 머리카락과 같은 붉은 색.

하지만 그런 색상과는 너무나도 어울리지 않는 단아한 얼굴 역시 인상적이었다.

'구, 구미호면 좀 더 요염하게 생겨야 하는 것 아니야?'

청초하다 못해 한 떨기 물망초 같이 생겼다. 요염함과 거리가 먼 정도가 아니라, 이건 뭐 길 가다가 '나랑 결혼해주시오' 라고 말하면 '에…… 안 되는데…….' 라고 말하며 한참은 거절을 못 할 것처럼 순진한 얼굴이었다.

그렇다고 미녀가 아니란 것은 아니었다.

'겁나 예쁘잖아.'

뭔가 한눈에 반할 정도로 예쁜데, 그 예쁜 종류가 '요염함'이 아니라 '청초함'이라서 놀라는 것이랄까?

그리고 그런 것에 놀라기 이전에, 구미호가 형상을 갖추는 것 자체에 경식은 기절초풍하고 말았다.

"뭐, 뭐야!"

"내가 말했지? 시공간이 뒤틀어져서 네 몸에 안착할 수 없었다고. 반만 걸쳤다고! 그래서 이렇게 현신도 할 수 있는 거거든?"

챠앙!

다칠 것 같아 세게 쥘 수도 없을 것 같이 여려 보이는 손에서 겁나 무서운 손톱이 5cm가량이나 늘어났다!

뭐야. 정말 날 죽일 수 있는 거였어?

[배 대.]

"죄송합니다."

[딱 대.]

"잘못했어요."

바로 저자세로 벌벌 기는 경식을 내려다보며 구미호는 어이없다는 듯 코웃음을 쳤다

[쫄긴. 나 아직 육체 같은 건 없어. 여우 불로 장난 한 번 쳐본 거야.]

그렇게 말하기가 무섭게 구미호의 몸이 사라지고 작은

불씨 하나가 허공에서 맴돌았다.

뭐랄까. 약간 여우를 닮은 것 같은 불씨였다.

지금 구미호가 형태를 유지할 수 있는 크기는 사실 고작 이 정도였던 것이다.

[나는 그럼 떠날게. 네가 좀 귀여운 맛이 있으면 안전해질 때까진 좀 도와줄라 그랬는데, 귀여운 구석이라곤 하나도 없어.]

"뭐야. 야! 가는 거야?"

[응~ 가는 거야~ 너 말고도 육신은 많아. 적당히 육체 하나 찾아 홀린 다음에 부려먹으면서 살 거야~]

그 말에 경식은 왠지 덜컥 겁이 났다.

아까 보았던 돼지 요괴가 자신을 이곳에 가둔 것이 맞는다면, 그는 그 돼지 요괴에게 감금당하고 있는 것이다. 그런데 조금이나마 의지(?)가 되는 구미호가 자신을 버리고 떠난다고 한다.

"도, 돌아와! 아니 돌아와 주세요! 한참 누나!"

[……하아.]

구미호는 어이가 없다는 듯 경식을 돌아봤다. 하지만 돌아봤을 뿐 계속 앞으로 나아갔다.

그러더니 구미호는 불씨 형태가 되어 벽을 통과하여 사라졌다.

"나, 나름의 예의를 차린 말이었는데⋯⋯."

경식의 어깨가 축 늘어졌다.

뭐랄까, 낙동강에 휩쓸린 오리 알도 자신보단 형편이 나을 것 같다는 생각이 들었다.

뭐야. 이대로 죽는 건가? 아까 그 돼지 요괴가 다시 오면 어떻게 하지?

그런 생각으로 슬슬 머리가 복잡해지려 할 때, 벽을 통과하여 붉은 불씨 하나가 그의 앞에 다시금 모습을 드러냈다.

[내가 불쌍해서 봐준다. 앞으로 잘해. 알았어?]

"아, 알겠습니다, 누님!"

이라고 말하며 넙죽 엎드리려던 경식은 문득 이상하다는 생각이 들었다. 뭐랄까. 이렇게 쉽게 돌아와 주기에는 구미호가 너무 기세 좋게 뛰쳐나갔던 것이다.

구미호도 그런 경식의 마음을 읽었는지 말을 더듬었다.

[뭐, 뭐야? 내가 어쩔 수 없이 너한테 돌아온 것 같다고 생각하는 것 같은 그 눈빛은?]

그렇게 말하는 구미호의 불씨가 환한 붉은색에서 적갈색으로 빛나기 시작했다. 마치 감정변화나 기복에 따라 불꽃의 색깔이 변하는 것 같은 느낌이랄까?

"거짓말하고 있는 것 같은데⋯⋯."

[아, 아닌데?]

적갈색이던 그녀의 몸이 더욱 검게 물들었다.

"확실한데……?"

뭐, 이유야 어찌 되었건 와서 한시름 놓았다는 생각을 하며 경식이 한숨을 내쉴 때였다.

뀌에에에엑!

아스라이 공포의 돼지 멱따는 소리가 들리더니 문이 벌컥 열리는 것이 아닌가?

"으아아아! 으아! 으아아아아!"

경식이 돼지와 인간을 적절하게 섞어놓은 듯한 초록 괴물을 바라보며 비명을 질렀다. 게다가 이 돼지 괴물은 한 마리가 아니라 무려 두 마리였다.

뒤에 있는 돼지 괴물은 온몸에 붉은 문신까지 하고 심지어 덩치도 머리 하나는 더 컸다.

무서웠다.

꿱꿱!

취이익!

췌익!

으음, 뭔가 이야기를 나누고 있는 것 같은데 당연하지만 돼지 멱따는 소리로밖에 들리지 않았다.

다만…….

췌르릅!

문신 돼지가 이를 드러내며 씩 웃더니 입맛을 다시며 경식을 바라본 것만으로, 경식은 '아, 쟤가 날 먹이로 생각하고 있구나'라는 걸 느낄 수 있었다.

꿰에엑!

그 멱따는 소리를 끝으로 돼지들은 자리를 떴다.

불씨로 변해 있던 구미호가 말했다.

[와, 뭐 저리 징그럽게 생겼대?]

"나, 날 어떻게 할 건가 봐."

[후우. 저 녀석들의 눈빛에서…… 분명 느꼈어. 이건 구미호의 이름을 걸고 확실한 거야.]

구미호가 뭔가 비범한 어조로 말하자 경식이 더욱 불안해진다.

"뭐, 뭐가 느껴졌는데?"

[확실해. 상상도 못 할 만큼 거대한 식욕이 느껴졌어!]

"그건 나도 느끼고 있거든!"

경식이 그런 생각을 하며 구미호를 한심하게 바라보고 있을 때, 누군가의 목소리가 들려 왔다.

—허이구. 둘이 하는 꼬락서니가 참 가관이로구먼. 나도 왕년에 오크 소굴에 갇힌 적이 있었었는데, 그때는 참 슬기롭게 빠져나갔었는데 말이야.

"……누구?"

이 통나무 감옥(?)에는 분명 경식과 구미호밖에 없었다. 그런데 누군가의 목소리가, 그것도 노인의 목소리가 들려오고 있었다.

—으잉? 내 목소리가 들리나 본데?

"예. 들리는데 누구세요?"

—이, 이런 일이 있을 수가 있나? 나 왕년에도 죽은 사람 말을 들을 수 있는 녀석은 들어본 적이 없는데?

"주, 죽다니? 누가 죽었지?"

혼란스러워하는 경식을 바라보며 구미호가 한심하다는 듯 고개를 절레절레 저었다.

[허이고 다른 세계에 와서 영감이 민감해지면 뭐 해. 자기가 뭘 듣고 있는지도 모르는데.]

"영감? 방금 그 영감님 목소리?"

[속 터져! 기다려 봐. 나도 목소리만 들리니까, 주파수 조정을 좀 해야겠네.]

그렇다. 이 세상은 구미호나 경식이 살던 세상이 아니었다. 그렇기 때문에 영혼의 울림(?) 역시 대한민국과 차이가 있었다. 때문에 영혼의 목소리는 들려도 형태는 보이지가 않는 것이다.

구미호가 정신을 집중하며 그 주파수를 맞추다가 배시시 웃었다.

[이제 보이네.]

—헐헐헐. 내가 보이는 모양이로구려?

"뭐야. 뭔데?"

[기다려 봐.]

구미호는 경식의 정신체계에 간섭하여 영혼의 주파수(?)를 맞춰 주었다. 주파수가 맞아 떨어지자, 경식 역시 노인을 볼 수 있었다.

반쯤 투명한 형상의 노인이 헐헐 웃으며 경식에게 다가왔다.

—이거 참 인연이로군. 반갑네. 왕년에는 이름이 있었지만, 지금은 그 이름을 버렸다네. 그냥 노인네라고 불러 주면 고맙겠구먼?

그 말에, 경식이 구미호를 보았다.

"……지금, 내가 귀신을 보고 있는 거지?"

[응. 완전 순도 백프로 귀신이야.]

"……."

경식은 노인에게서 눈을 떼어 주변을 둘러봤다. 주변을 바라보는 경식의 눈이 점점 더 놀라움으로 물든다.

꿀꺽.

등골이 다 서늘해진다.

경식은 한동안 말을 이을 수 없었다.

이 통나무 감옥에는 경식과 구미호만 있는 것이 아니었
다.

크르르르르르.

할아버지를 비롯한 십여 명가량의 영혼들이 붉게 충혈된
눈으로 경식과 구미호를 노려보고 있었다.

＊   ＊   ＊

"이 이게 도대체……?"

경식은 입을 쩍 벌린 채 주변을 둘러봤다. 주변에는 열댓
명의 사람들이 형태를 반투명하게 유지한 채 그를 노려보
듯 바라보고 있었다.

그렇다. 분명 경식과 구미호를 노려보고 있었다. 그것도
분노를 담아서 말이다.

물론 당연하지만 그 분노는 경식을 향한 것이 아니었다.
이곳에 없는, 그들조차 존재를 잊어버리기 시작한 대상에
대한 분노였다.

노인네가 고개를 회회 저으며 말했다.

─아이고 많이 놀란 모양이로구먼? 이해해 주게. 모두들
제정신이 아닐세. 왕년에는 다들 순박하고 착한 사람들이

었는데 말이야.

"그러니까 좀 말이 되게 설명을⋯⋯."

[설명을 들을 필요도 없겠는데? 딱 봐도 망령들이잖아?]

"마, 망령?"

경식이 되묻자 구미호가 간략하게 설명했다.

[그중에서도 지박령 출신들이야. 사념이 아주 강해.]

"지박령? 망령? 사념이 아주 강해? 그게 무슨 소린데?"

[⋯⋯너 무당수업 같은 거 안 했니?]

"응. 전혀."

구미호가 한숨을 내쉬었다. 지박령이니 망령이니 하는 것에 대한 개요를 경식이 모르고 있었기 때문이다.

사실 생각해 보면 학교 공부할 시간도 촉박한데 무슨 무당 수업 같은 걸 받았을까? 아예 무당이 될 계획조차 없었는데 말이다.

구미호는 다시금 한숨을 내쉬며 설명에 들어갔다.

[우선, 길게 풀어놔 봤자 알아듣지도 못할 테니 간단하게 설명할게. 죽어서도 한이 깊으면 악령이 되겠지?]

"그렇겠지?"

경식은 살면서 보아왔던 '퇴마'나 '엑소시즘' 같은 것을 머릿속에 떠올리며 고개를 끄덕였다. 아무리 무속에 대한 지식이 없는 경식이라도 죽은 영혼이 한이 쌓이면 악령이 된다는 건 미루어 짐작할 수 있었다.

[근데 그 악령들 중에도 지박령이랑 부유령이 있는데, 지박령은 자신이 죽은 자리에서 멀리 떨어지지 못하는 것들을 뜻해. 부유령은 그 반대겠지?]

거기까지 들은 경식이 분노에 찬 눈동자로 자신을 노려보듯 바라보고 있는 10명의 남녀를 바라보았다.

"그럼 이 사람들은……."

이곳에서 죽어 나간 사람들이 한이 맺혀 이곳에서 벗어나지도 못하는 불쌍한 사람들이라는 것이었다.

—헐헐. 지박령이니 뭐니 하는 소리는 처음 듣는구먼? 하지만 저 불덩이가 하는 말이 맞네. 이들은 이곳을 떠나지 못하고 있어. 참 애석한 일이지.

[불덩이라니? 지금 불덩이라 그랬냐!]

"가만있어 봐. 그럼 할아버지도 지박령인가 뭐시기인가요?"

그 말에, 노인이 피식 웃으며 고개를 저었다.

—아닐세. 나는 그냥 떠돌아다니다가 이곳에 잠시 들른 것뿐일세. 내가 이런 오크들 따위에게 당할 리가 없지 않은가?

"엄청 잘 당하게 생겼는데요?"

허리가 굽었다는 것을 감안하더라도 1미터 정도 되는 키에 깡마른 팔과 다리, 반면에 튀어나온 귀여운 뱃살은 누가 봐도 신체적으로 상당히 무능력해 보이는 노인이었다.

하지만 노인은 그 소리에 발끈해서 소리쳤다.

―이놈이 사람을 무엇으로 보고! 내가 왕년에 얼마나 잘 나갔는데! 용병 생활을 하면서 검 막 얍얍 휘두르면서! 팍 팍 오크들 죽이면서 말이네!

"아아, 그러셨어요."

―저깟 돼지 닮은 오크들은 칼 한 방에 두세 마리는 물리 쳤네!

"……오크요? 저 저팔계같이 생긴 것들이 오크인가요?"

―으잉. 오크 처음 보나? 난 왕년에…….

경식이 노인의 말을 잘랐다.

"저 오크들은 사, 사람도 죽이나요?"

그 말에, 노인은 경식을 불쌍하다는 듯 바라봤다.

―으음. 그렇지?

"머, 먹기도 하나요?"

―먹으려면 먹지 못할 것도 없지만, 굳이 먹을 필요가 없 으면 먹을 생각을 안 한 달까?

"……무슨 욕을 해야 잘했다고 소문날까?"

경식의 표정이 심각해졌다. 잘못 하면 저 오크라는 녀석 들에게 통째로 삶아져서 뜯어 먹힐지도 모른다는 생각 때문이었다.

그런 경식의 생각을 읽었는지 노인이 상냥한 목소리로 위로했다.

—걱정 말게! 인간은 지방질이 없어서 그리 맛이 없다고 들었네. 그리고 이곳 오크들은 사정이 좋아서 가축을 길러. 그것들을 먹지, 굳이 인간을 잡아먹진 않는다네.

"저, 정말인가요?"

—그러엄! 그러니 잡아먹힐 걱정은 안 해도 좋네!

"휴우! 죽을 걱정은 덜었군!"

안심하는 경식을 바라보며 노인이 그윽하게 웃었다.

—대신 재물로 쓴다네. 오크들의 신에게 바치는 재물로 말일세.

"……"

—막 단검으로 막 심장 찌르고 피 뽑아서 피부에 양보하고 별 난리를 막…….

"그, 그런……."

경식은 주저앉아 무릎을 한껏 끌어안았다.

"평범한 고등학생인 나에게 왜 이런 일이…….."

혼자 있고 싶었다.

*　　*　　*

"헤헤. 죽을 거야. 난 죽을 거야. 다시 태어나면 가리비로 태어나고 싶어. 날 보호할 무언가가 있는 가리비. 가리비…… 가리비……."

경식은 얼빠진 것처럼 마음껏 중얼거렸다.

구미호도 노인도 아무 말 없이 그런 경식을 바라봤다. 10명의 망령들은 분노에 찬 채 원래 아무런 말도 안 하고 있었고 말이다.

그렇게 1시간쯤 지났을까?

경식은 주먹을 불끈 쥐고 벌떡 일어났다.

"이대로 죽을 순 없다!"

그는 상황을 대충 정리해 보도록 했다. 살려면 뇌를 빠릿빠릿 움직여야 했다.

그가 정리한 사실은 이러했다.

첫째. 자신이 다른 세계에 와 있다는 사실.

둘째. 자신을 끌고 온 저팔계들이 오크라는 괴물이라는 사실.

그리고 셋째.

바로 그 저팔계들이 자신을 무슨 의식을 행하기 위한 재물로 바칠 거라는 사실이었다.

—어차피 자네는 죽어. 이 친구들의 그룹에 합류하는 게

지. 헐헐. 포기하면 편해.

"그딴 말 할 거면 당장 꺼져요!"

—헤헹! 의식은 달이 모두 차오를 때 거행되는데 그게 공교롭게도 바로 내일이네! 마음의 준비 따위나 하라고 자네를 위하는 마음에서 한 말인데 그리 말하니 서운하군!

"거짓말! 상황이 그렇게 절묘하게 딱 맞아 떨어질 리가 없다고! 지금 나 겁주는 거지!"

—에잉, 젊은 사람이 말 짧은 것 보게? 내가 거짓말 같은 걸 왜 하겠나? 내 말은 사실이네. 저들을 봐.

노인이 한숨을 내쉬며 망부석처럼 서 있는 열 명을 가리켰다.

—얘네들 다 내가 호스피스 역을 해 주었었다네.

"호스피스?"

—죽음을 앞둔 사람에게 삶의 희망 대신 평안한 임종을 맞도록 위안과 안락을 최대한 베푸는 봉사활동을 말하는 것일세!

"뭔가 전문적인데요?"

—흥! 물론 나 같은 경우엔 죽어서 온 영혼들이 한에 사무쳐 망령이 되지 않고 성불하도록 옆에서 도와준 거니 호스피스랑은 좀 다르지만 말일세.

[그럼 이 망령들은 다 뭐야?]

그 말에, 노인이 한숨을 푹 내쉰다.

—내 노력에도 불구하고 사무치는 한을 주체하지 못하여 망령이 된 녀석들이지. 쯧쯧. 불쌍한 녀석들. 점점 하나 둘 자기 자신이 누군지도 모르게 되었네.

…….

약간은 숙연해진다.

—어쨌든 그래서 나는 정확히 아네. 식이 거행되는 날짜도. 자네가 그때 죽는다는 사실도 말이네.

그 말에 한숨부터 나왔다.

"으음, 역시 죽는 건가 보네. 그래, 난 죽겠지. 그리고 가리비로 태어날 거야. 하하. 하. 아하하하. 아하……."

그런 식의 농담을 하다가, 문득 떠오른 것이 있다

"뭐야. 나 왜 이렇게 낙천적이지? 뭔가 엄청난 절망감에 휩싸여야 되는 거 아닌가?"

정말 자신이 죽는 것인가? 하는 생각이 들다가도, 그런 것치고는 실감이 안 나서 그런지 공포심 같은 건 느껴지지 않았다.

뭔가 근거 없는 믿는 구석이 있는 것처럼 마음이 평온하고 침착했다. 마치 자기 자신 대신, 게임 캐릭터가 죽고 다시금 부활할 수 있을 것처럼.

죽는 건 싫지만 어쩔 수 없다면 받아들여야 한다는 생각이 든다.

그리고 그 마음을 읽은 구미호가 그 이유를 가르쳐 주었
다.

[그건 네가 진실을 알아서 그래.]

"진실?"

"……사후세계?"

[네가 죽으면 바로 끝이 아니라, 영혼으로써 남을 수 있
다는 진실. 그러니 죽음에 대한 두려움도 이전만 못한 거
야. 무의식이 이미 그렇게 받아들여버려서, 이제 죽을 상황
에서도 비교적 침착하게 대처할 수 있어. 영능력이 개발되
면 좋은 점 중 하나이지.]

이곳에서 영혼을 직접 마주함으로써 죽음이 또 다른 시
작이라는 사실을 무의식이 받아들였기 때문에 침착할 수
있다고 구미호는 말하고 있었다.

그리고 그 말에 공감이 갔다.

"으음. 엄청난 사실이군. 하지만 죽으면 무슨 소용이겠
어? 겁은 좀 덜 나지만 죽기는 싫다고!"

그 말에, 구미호가 실실 웃었다.

[그럼 내가 안 죽게 해 줘?]

"……응?"

[기왕 이렇게 된 거. 이 누나가 팍팍 도와주겠다는 뜻이

야. 어서 고마워해야지?]

"도와줄 수 있어? 나를?"

[이거 왜이래? 나 구미호야, 구미호.]

물론 아무리 구미호라지만 인간의 몸에 대를 이어가며 5백 년 동안 깃들어온 덕분에 거의 모든 힘을 잃은 상태였다. 할아버지에게 경식은 그렇게 들었고, 사실이 그러했다.

하지만 썩어도 준치라고 했던가?

구미호는 그녀 나름의 힘을 간직하고 있었던 모양이다.

[나는 불을 다루지. 사람들은 그걸 여우 불이라고 부르고. 여우 불은 그냥 불이 아니야. 영능력이 있는 불이니까. 그래서 혼령의 형상을 보이게끔 하는 힘이 있지.]

구미호는 그리 말하며 10명이 넘는 망령들을 둘러보았다.

[그리고 눈앞에 저런 좋은 매개체가 있잖아?]

구미호의 웃음이 짙어졌다.

[너, 누나 믿지?]

"뭐, 뭔가 섬뜩한 말인데?"

왠지 믿는다고 그러면 자신의 소중한 것을 빼앗길 것만 같은 질문이었다.

하지만 어쩌랴.

고개를 끄덕일 수밖에.

"미, 믿어. 아니, 믿어요!"

[꺄하하하하호홋!]

그 웃음이 점점 사악해져서, 경식은 흠칫 몸을 떨었다.

*   *   *

경식은 구미호와 함께 내일에 대한 계획을 짰다.

노인의 말에 따르면 경식은 중요한 재물이다.

그러니 내일 보름달이 뜰 때까지 경식은 무사할 것이 분명했다.

계획이라고 말하기에도 민망한 것이었지만, 분명 그 계획을 이행시키려면 한 가지 과정이 필요했다.

바로 10명의 지박령들에게 지금 상황을 설명하고, 동의를 구하는 과정이었다.

그 과정은 구미호가 어떻게든 하기로 했다.

[좀 자. 깨어 있어봤자 도움 될 게 없어. 그러니까 체력을 조금이나마 보충해 둬. 배고프지? 하지만 먹을 게 없지? 그럴 땐 자는 거야.]

"아니 그래도 목숨이 달린 일인데 내가 뭐라도 해야……."

[오히려 산 사람이 깨어 있으면 이들은 입을 열지 않을

거야.]

"노, 논리적으로 완벽해서 반박할 말이 없다."

[호홋! 그러니까 조용히 잠이나 쳐 자, 알았어?]

"알았어. 그런데 내일 죽을지도 모르는 상황에서 내가 잠이 올까 모르겠……."

드르렁. 드르러렁!

—허이고. 아주 잠만 잘 자는구먼. 내가 도와줄 건 없는가, 처자?

그 말에, 구미호가 빙긋 웃었다.

[안 그래도 도움이 필요했어. 네가 이것들이랑 친하잖아?]

—헐헐. 친하다기보단 뭐 그저…….

[그리고 내가 너보다 족히 900살은 더 많거든? 경식이는 그렇다 치고 너까지 반말 찍찍 싸는 건 못 참아, 알았어?]

그런 말을 하는 구미호의 몸이 붉은 색에서 용암 같은 다홍빛으로 변하였다.

—아, 알았소.

반말이 아니지만 그렇다고 존댓말도 아니었다.

뭐, 이 정도로 넘어가 주기로 했다.

[구미호야. 구미호라고 불러.]

—아, 알겠소, 구 선생.

[선생? 흐응~ 좋네, 그거.]

구미호와 노인은 그렇게 10명의 악령들에게 무언가를 설명했다.

물론 경식은 코를 골며 잘도 잠을 잤지만 말이다.

Chapter 3
구미호의 결심

꿈속에서, 경식은 또다시 그 소녀를 보았다.

이국적인 외모에 흰 머리카락과 은색 눈동자. 게다가 묘하게 경식과 닮은, 마치 여자(?) 쌍둥이 동생이 있으면 이런 모습일 것 같은 소녀.

그 소녀가 오만방자한 표정을 지으며 경식을 노려보고 있었다.

[후훗. 도착한 모양이로구나.]

그냥 개꿈인 줄로만 알았는데, 꿈속에서 또다시 똑같은 여인을 보니 기분이 묘했다.

"무슨 소리야? 넌 누군데?"

[말이 짧구나.]

소녀가 그리 말하며 눈을 부릅떴다.

"큭!"

그러자 경식은 숨이 턱 막히는 듯 답답한 기분을 느껴야만 했다.

하지만 그것뿐.

그 이외에는 별달리 위협이 될 만한 것은 없었다.

게다기 이곳은 자신의 꿈 속.

이유도 없이 자신을 괴롭히는 소녀가 못마땅했다.

역시 이 소녀, 단지 개꿈이라고 치부하기엔 뭔가가 있었다.

"가뜩이나 머리 복잡해 죽겠는데 꿈속에서도 날 가만히 내버려 두질 않네?"

[……뭐야?]

"보아하니 나랑 비슷한 나이인 것 같은데, 너 몇 살이야?"

그 말에, 소녀의 눈동자가 반짝 빛났다.

[나, 나는 18살이니라!]

"그래. 나랑 동갑이네?"

[너, 너무나 당연한 소리로구나!]

"동갑이면 마치 날 내려다보는 듯한 말투를 쓰지 말아 줄래? 기분이 나쁘거든?"

[……무엄하도다!]

"자식아! 진짜 무엄한 게 뭔지 보여 줄까? 젠장!"

그리 말하며 경식은 문득 자신의 목을 매만졌다.

그래, 저번에 꿈속에서 소녀가 자신의 목을 졸랐던 기억이 이제야 났다.

게다가 일어나 보니 그 손자국이 선명하게 목에 남아 있어서 얼마나 놀랐는지 모른다.

"어떻게 꿈에서 목이 졸렸는데 몸에 이상이 생길 수가 있지?"

[훗. 그때처럼 당하기 싫으면 고분고분 내 말을…….]

그녀의 말이 끝나기도 전에 경식의 눈동자가 번뜩였다.

"그럼 너도 내가 목을 조르면 실제로 목이 졸리는 거렸다?"

[……으잉?]

경석은 사뭇 감정 섞인 눈동자로 소녀를 바라보며 성큼성큼 걸어왔다.

소녀의 눈동자가 심하게 흔들렸다.

[이, 이게 아닌데?]

"아니긴 뭐가 아니야? 너도 당해 봐라!"

[아, 하, 하지마앙!]

소녀가 깜짝 놀라며 뒤로 물러났다. 그때는 신병이니 뭐니 걸려갖고 몸 상태가 말이 아니었지만, 지금은 달랐다. 충분히 복수를 해 줄 수가 있었다.

저번 꿈과는 전혀 다른 상황이 연출되었다.

경석이 한 발자국 옮길 때마다 소녀가 기겁을 하며 뒤로 물러났다.

왠지 모르게 악당이 된 느낌이지만, 남의 꿈에 와서 오라느니 가라느니 하는 것부터가 저 녀석이 악당이라는 증거!

"악당에게 자비란 없다!"

[꺄아아아악!]

그런 말을 하며 경식이 겁을 주려는 찰나, 소녀가 기겁을 하며 연기처럼 사라졌다.

"뭐야. 나루토와 저팔계에 이어 이번엔 무슨 스모커 대령이여?"

다행히 동년배 남자가 겁을 주면 겁을 먹는 선량한(?) 소녀였던 모양이다.

"그런데, 왜 자꾸 내 꿈에 나타나는 거지? 그리고 분명……."

분명 말했다.

도착한 모양이라고 말이다.

"그게 무슨 뜻이지?"

꿰이이이이익!

갑자기 꿈속에서 돼지 멱따는 소리가 나며 그의 의식을 현

실의 수면 위로 끌어올렸다.

*　　　*　　　*

꾸에에이이익!

어느새 다가온 오크가 경식의 멱살을 쥐고 끌어당겼다.

경식은 인상을 찌푸리며 어느 정도 익숙해진 오크의 손길에 순종적으로(?) 끌려갔다.

그것이 처음 오두막 바깥 풍경을 본 순간이기도 했다.

경식이 시야에는, 여기저기 조악한 통나무집이 무질서하고 아무렇게나 늘어져 있었다. 밭도 가꾸는지 무언가가 밀집되어 많이 자라고 있었다.

그런데 그 많은 가구에 당연히 살고 있어야 할 오크들은 보이지 않았다.

췌이익!

뭐라고 그러는지는 모르겠지만, 빨리 오라는 말인 것 같아서 발걸음을 더욱 빨리했다.

"그나저나 포박 같은 것도 안하네?"

마치 경식은 이미 아무런 반항을 못 하는 것처럼, 오크는 너무 방만한 태도를 취하고 있었다.

[수고를 덜었지 뭐. 밧줄 같은 걸로 손발이라도 묶었으면

여우 불로 지지려고 그랬는데.]

손을 묶은 밧줄이 지져지면 손이 당연히 뜨거울 것이다.

"다, 다행이다."

취익!

오크가 신경질적으로 그르렁거렸다. 물론 둘의 대화를 오크가 들을 수 있을 리 없고, 볼 수 있을 리 없다.

아마 귀찮으니까 반항하지 말고 따라오라는 의미일 것이다.

경식은 조용히 따라갔다.

옆에서 노인이 영혼 상태로 따라오며 속삭였다.

—곧 많은 오크들을 볼 걸세. 대충 200마리 정도? 뭐, 그래도 내가 왕년에 썰었던 오크들의 숫자에 비하면 아무것도 아니지만 말이야.

그 말이 떨어지기가 무섭게 지평선 너머로 초록빛 오크들이 눈에 들어왔다. 하나같이 돼지처럼 생긴 얼빵한 몰골들이었다.

그리고 캠프파이어라도 하는 듯 거대한 모닥불이 타오르고 있었는데, 오크들은 그곳을 빙 둘러싼 채 '우가우가' 같은 소리를 내며 발을 구르고 있었다.

"혹시 캠프파이어의 묘미인 부모님 생각하며 눈물 흘리기 같은 걸까?"

그건 소망일 뿐, 다가오는 경식을 보며 입맛을 다시거나 음흉한 웃음(?)을 짓는 오크들뿐이었다.

쿵. 쿵쿵쿵쿵!

발 구르는 소리에 땅이 다 울릴 정도였다.

"……후우!"

경식은 긴장되려 하는 마음을 가다듬으며 오크의 이끌림에 따라 걸어갔다. 경식을 끌고 온 오크가 앞으로 다가가자 다른 오크들이 갈라지며 길을 열어 주었다. 거대한 모닥불을 지나치자 큰 제단이 보였는데, 그 꼭대기에는 거대한 크기의 문신한 오크가 서 있었다.

일전에 경식을 보며 입맛을 다셨던 그 문신오크였다.

—이곳의 대장이지. 인간의 제사장쯤으로 생각하면 편할 걸세.

노인이 귓가에 해 주는 말을 들으며 경식은 그 제사장 오크에게 끌려갔다.

제사장 오크는 경식을 보며 씩 웃었다.

돼지머리가 짓는 표정 그 자체라서, 돈이라도 있으면 콧구멍에 쑤셔주고 싶었다.

"쿼르르릇."

야릇하게 웃던 제사장 오크가 경식에게로 다가왔다. 경식은 바짝 굳어 있었고, 제사장 오크는 그런 경식의 주위를 돌며 위아래를 훑더니 고함을 질렀다.

"크아아앙!"

그 고함과 함께 제사장 오크가 춤을 추기 시작했는데, 그 춤이라는 게 원주민이 부족의 안녕을 위해 추는 토템 춤 같아서 풋— 하고 웃음이 나올 정도였다.

하지만 제사장 오크는 진지했다. 땀이라도 흘릴 듯 열심히 춤을 추었고, 그 장단에 맞춰 200마리의 오크들이 발을 굴러 쿵쿵 소리를 내었다.

쿵쿵쿵쿵!

"크아아앙!"

그렇게 10분 정도를 추었을까? 갑자기 멈춰 선 제사장 오크가 하늘을 바라보며 애원하는 듯, 앓는 듯한 소리를 내더니 품 안에서 단검을 꺼냈다.

그리고 경식에게로 성큼성큼 다가오는 것이 아닌가!

"오, 오크야. 난 아직 마음의 준비가 되지 않았는데 이럴 거니?"

그런다고 오크가 걸음을 멈추진 않았다. 오히려 비릿하게 웃으며 말한다.

"취익! 인간! 잘 죽어라!"

말까지 한다!

"뭐야. 돼지 입에서 말이 나온다고오오?"

—오크들 중에서 세상 물(?) 좀 먹어본 오크들은 말도 할 수 있다네. 뭐 그래 봤자 다섯 살 어린아이 수준의 어휘력이지만 언어를 알아듣고 말까지 한다는 게 어디인가? 오크들 사이에선 엘리트라고 할 수 있는 그런 오크라네. 상위 1퍼센트 오크지.

"그딴 거 신나게 좋알좋알 설명하지 말라고요!"

노인의 말에 따르면 이제 제물인 경식의 심장을 찔러 피를 낸 후, 그것을 제사장 오크가 마심으로써 무언가를 불러들이는 의식을 시작한다는 것이었다.

하지만 경식은 그것에 제물이 되어 줄 생각이 전혀 없었다.

때마침, 구미호가 고개를 끄덕였다.

[역시, 저 오크라는 녀석이 조금 전 하던 짓거리가 도움이 되었어. 나름대로의 방법으로 보름달이 뿜어내는 요기(요사스러운 기운의 준말)를 이곳에 끌어들인 거야. 홋! 덕분에 우리의 전력도 강해졌지!]

"어, 어떻게 좀 해 봐! 점점 다가오고 있잖아!"

"취익! 인간. 혼잣말 한다. 미쳤나봉가!"

"귀여운 척하지 마!"

"취이이익!"

경식이 그런 말을 하며 뒤로 물러난다.

[이제 누님만 믿어!]

구미호가 혼 불 상태에서 요염하게 웃으며, 평소 하는 말
투와는 다른 경건하고 엄숙한 어조로 외쳤다.

[이곳에 너희를 죽인 오크라는 녀석들이 있다. 일전에 말했
듯 이 몸께서 너희에게 힘을 내려 줄 테니, 마음껏 저 녀석들
을 괴롭히고, 죽여라. 나 구미호가 그것을 허락한다!]

물론, 그렇게 말한다고 해서 구미호의 목소리가 주변에 들
리는 건 아니었다. 영적인 목소리기 때문이다.

하지만 영적인 목소리를 들을 수 있게 된 경식은 귀를 막
을 정도로 큰 목소리였다.

"취익! 이상한 소리!"

심지어 제사장 오크마저 귀를 막으며 뒤로 주춤 물러날 정
도였다.

분명 구미호의 목소리는 경식이 있던 오두막까지 닿았을
것이다.

그 증거로, 사이한 바람이 불며 10개의 검은 그림자가 경
식 쪽으로 다가왔다.

스스스스스스슷!

검은 그림자. 통나무 집 안에 있던 지박령들은 주변에 깔
린 오크들을 원수 보듯 노려보며 악마처럼 웃었다.

죽인다……

나처럼…… 너희도…….

구천을 떠돌며…… 괴로워하게 만들 것이다……!

자신들을 죽인 원수를 직접 본 까닭일까? 주변에 사악한
기운이 풀풀 날릴 정도로 열 명의 망령들은 분노하고 있었다.

그리고 구미호가 그 분노에 부채질을 했다.

[여우 불. 영체 부리기!]

화르르르륵!

열 명의 악령들이 일제히 불타오르기 시작했다.

그 불로 인해, 오크들에게도 열 명의 영혼들이 보이기 시작
했다.

[가라. 가서 모두 다 죽쳐 버렷!]

구미호의 말이 끝나기가 무섭게 망령들이 200마리의 오크
들에게로 날아갔다.

꿀꺽.

그 광경이 너무 무시무시해서, 경식은 침을 꿀꺽 삼킬 수밖
에 없었다.

"바, 바비큐파티가 시작됐어!"

*　　　*　　　*

보통 불은 탈 것이 있어야 타오른다. 땔감이건 뭐건, 집어삼킬 게 있어야 커지고 강해진다.

구미호가 부리는 요술. 여우 불 역시 마찬가지였다. 탈 것이 있어야 커지고 강해지는 건 보통 불과 똑같았다.

다만 보통 불과 다른 점은 형체가 있는 것이 아니라 형체가 없는 것도 태운다는 것이었다.

이를테면 영혼.

그리고 그 영혼이 가지고 있는 고통. 사념!

그리고 원한!

그런 것들이 타오르며 10명의 악령들은 영혼인 주제에 오크들에게 위해를 가할 만큼 강력해져 있었다.

쉬이이이.

불타는 망령 하나가 미끄러지듯 한 마리의 오크에게 다가갔다. 오크는 깜짝 놀라며 들고 있던 돌도끼를 집어던졌다.

물론 그것이 망령에게 통할 리 없었다. 돌도끼는 망령을 통과해 그 너머로 날아가 사라졌다.

그리고 망령 역시 오크의 몸을 통과해 바깥으로 빠져나갔다.

"취이익?"

오크에겐 아무 일도 없는 것처럼 보였다.

하지만 곧 오크의 초록 피부에 푸른 불빛이 꽃처럼 피어났다.

살이 타들어 가고 있는 것이었다.

화르르륵!

꿰에에에에에엑!

돼지 멱따는 소리와 함께 오크는 어쩔 줄 몰라 하며 바닥을 굴렀다. 온몸에 불이 났으니 얼른 꺼야 할 텐데 주변엔 땅과 풀. 그리고 울타리와 그 너머에 통나무집밖에 없었다.

오크는 본능적으로 그곳들로 뛰어갔다.

발걸음 발걸음마다 불이 붙으며 타올랐다.

그리고 그것이 200마리의 오크들 모두에게 적용되고 있었다.

불이란 것은 무섭다.

순식간에 번지고, 좀처럼 꺼지지 않는다.

5분도 채 되지 않아 주변엔 불길에 날뛰는 오크들과 벌써 타죽은 오크, 그리고 그들이 날뜀으로 인해 그들의 터전. 울타리 및 통나무집 등이 전부 불타고 있었다.

이러한 풍경을 보며 경식은 입을 쩍 벌렸다.

"와. 이게 가능해?"

구미호는 콧대를 세우며 풋 웃었다.

[내 능력이 이정도야~ 물론 저 지박령들의 원한이 워낙 깊었기 때문도 있지만 말이지~]

그런 말을 하는 구미호의 입가에는 미소가 가득했다. 아무래도 1천 년 만에 자기가 직접 사용하는 요술이다 보니 감회가 새로운 모양이었다.

―호오. 정말 대단하구려. 내가 왕년에 살아 있을 적에도 이런 기현상은 본 적이 없소! 죽은 시체를 연구한다는 암흑 마법사들도 영혼을 가지고 이런 짓은 못 할 거요! 에리오르슈 가문이라면 또 모르지만…….

모두가 감탄하는 가운데 경식은 얼른 정신을 차렸다.

"이럴 때가 아니지? 저 제사장 오크가 벙쪄 있는 지금이 기회야! 자, 도망이다!"

지금 모두가 정신이 팔려 있는 이때야말로 도망을 칠 수 있는 절호의 기회였다. 경식이 슬금슬금 움직이려 할 때, 구미호가 그런 경식을 제지했다.

[무슨 소리야? 죽고 싶어?]

"살려고 이러고 있잖아? 너야말로 내가 죽기를 바라는 거야?"

어이없어하는 경식에게, 구미호는 차근히 설명에 들어갔다.

물론 얼굴엔 '일일이 다 설명해 줘야 하다니 번거로운 꼬맹일세'라는 표정이 역력히 드러나 있었지만 말이다.

[저 망령들은 지금 자신의 몸을 태우면서 오크들을 상대하

고 있어. 자신의 영혼이 타들어 가는 고통마저 힘으로 바꾸면서 미친 것처럼. 그것의 의미를 꼬맹이 너는 아니?]

"뭐, 뭐야. 직접 타들어 가고 있었다고? 겁내 투신자살 수준이로구만?"

망령들의 몸에서 불이 뿜어져 나오는 게 아니라, 망령들 자체가 불에 타고 있었다는 말이었다.

구미호는 한숨을 내쉬며 고개를 끄덕였다.

[뭐, 그들도 동의한 일이야. 복수를 하려면 그 정도 하지 않으면 안 돼.]

"그럼 다 타 들어가면, 저들은 어떻게 되는데?"

[이미 죽은 목숨이니 죽진 않을 거야. 하지만 더 이상 자기 자신을 유지할 수는 없게 되지. 사람으로 따지면 치매에 걸리는 거야.]

"……."

[하지만 어쩌겠어? 어차피 저들은 지금도 자기 자신이 누구인지 모르는 상황인데.]

"뭔가 애석한 말이네……."

[그러니까 나가지 마. 말 그대로 쟤네들 지금 눈에 뵈는 거 없엉.]

그 말에 경식이 화답했다.

"알았엉."

망령들에겐 지금 적군과 아군을 구분할 심적 여유가 없었다. 그저 오크들이 미우니까 오크들부터 공격하고 있을 뿐이었다. 오크들이 다 죽어서 경식만 남게 되면, 경식이 표적이 될지도 모른다.

물론 그때 즈음이면 망령들의 영적 신체가 완전히 타들어 가서 경식을 해코지하지 못할 테지만 말이다.

[그러니까 기다리자. 저들의 힘이 다 할 때까지.]

그런 상황에서 돌발행동을 했다가 표적이 되면 경식에게도 달려들 수가 있다는 것이었다.

경식은 상황을 이해하고 고개를 끄덕였다.

"언제쯤 끝날까?"

[거의 끝난 것 같은데? 대부분 도망가고 불에 탄 녀석들도 있고…… 안 보여?]

그 많던 오크들이 다 도망갔고 주변엔 불길이 타오르고 있었다. 오크들의 시체는 적게 잡아도 50구가 넘어갔다.

벌써 전력의 25퍼센트가 죽고, 나머지 75퍼센트는 도망가거나 죽어 가고 있다는 뜻이었다.

이대로 가면 오크들을 전멸시키는 것도 가능해 보였다.

굳이 도망갈 필요가 없어지는 것이다.

하지만 그때.

"크르르르르르."

옆에서 당황하고 있던 제사장 오크가 정신을 차렸다.

그는 동족이 죽어나가는 것을 보고 분노했다.

"크아아아아앙!"

……

그 외침에 오크들에게 열심히 달려들던 망령들의 시선이 일제히 제사장에게로 향했다.

망령의 몸을 감싸던 불길이 가스레인지 불을 키운 것처럼 확 하고 피어올랐다.

거기서 파생되는 감정은 다름 아닌 분노였다.

"나를 죽인 녀석."

"이제야 보인다…… 나의 심장에 칼을 꽂은 녀석!"

"너도 먹어주마. 모두 먹어치워 주마!"

"바비큐 파티다아아앗!"

……마지막 말은 좀 이상한데?

끼아아아아악!

아무튼 열 명의 불타는 망령들이 일제히 제사장 오크에게로 달려들었다.

경식의 주먹이 꽉 쥐어졌다.

"죽여 버려!"

저 오크만 없애면 이곳은 와해되고 만다. 체스로 따지면 체크메이트 같은 것이다.

"아무리 제사장 오크가 이상한 문신으로 온몸을 도배했다 해도, 다른 오크와 마찬가지일 터!"

게다가 열 명의 망령들이 일제히 달려든다!

제사장 오크는 곧 죽을 것이 분명했다.

그렇게 생각했었다.

제사장 오크가 울음을 토해내기 전까진 말이다.

"크아아아아앙!"

갑자기 엄청난 바람이 제사장 오크에게서부터 불어와 주변을 강타했다.

거대한 바람이었다. 그 바람으로 인해 불이 꺼지고, 달려들던 망령들이 뒤로 물러났다. 구미호와 노인 역시 인상을 찌푸리며 영체인 상태에서 뒤로 1미터나 날아갔다.

그런데 경식만은 뒤로 날아가지 않았다. 그저 인상정도 찌푸릴 뿐이었다.

영적인 것에만 효력을 가진 바람이기 때문이었다.

"크르르르!"

—크아아아!

망령들은 자신들이 원수를 앞에 두고도 뒤로 주춤 물러난 것이 화가 나는지 비명을 지르며 다시금 제사장 오크에게로 달려들었다.

제사장 오크는 눈 하나 깜짝 하지 않았다.

그리고 조금 전보다 더욱 큰 소리로 비명을 발산했다.

"크아아아아!"

─끼아아아아악!

마치 바람에 촛불이 꺼지듯 망령들의 몸에서 불길이 사라졌다.

주변을 불태우던 불길 역시 마찬가지였다.

그냥 불이었으면 이렇게 사라질 리가 없었다.

다시 말하지만 영적인 외침이기 때문에, 영적인 것으로 만들어진 여우 불과 영혼들에게만 효력이 있는 것이었다.

─끼아아!

영혼들이 비명을 질러댔다. 그 비명엔 증오가 아닌 두려움이 배어나왔다. 하지만 여전히 오크 제사장에게로 달려들었다. 더 이상 여우 불이 타오르지 않아 큰 타격을 못 줄 것임에도 말이다.

오크 제사장이 마무리를 지었다.

"크아아아아아아앙!"

…….

망령들이 압력을 이기지 못하고 형체를 잃고 사라졌다.

그걸 보며 경식이 어이가 없어 소리쳤다.

"아이유 3단 고음이여, 뭐여!"

구미호가 다시금 뒤로 쭉 밀려나며 인상을 찌푸렸다.

[크윽! 꽤 하는데?]

"뭐야. 어떻게 된 거야?"

[저 새끼, 저거 무당이야.]

"……무당?"

[물론 진짜 무당은 아니야. 그건 대한민국의 개념이니까. 하지만 그것과 비슷해.]

말하자면 샤머니즘.

눈앞의 오크는 샤먼이었다.

"크아아아앙!"

다시 한 번의 외침에 구미호까지 쌩하고 날아가 버렸다.

그러고는 경식에게로 한 발작 두 발작 다가오는 것이 아닌가?

"취이익! 무슨. 술수느냐!"

"뭐래는 거야, 저 돼지가! 구미호! 어떻게 좀 해봐, 좀!"

구미호가 다시금 돌아와서 심각하게 말한다.

[이쪽에 무당이 있는지 몰랐어. 무당이 있으면……하아. 안 되는데?]

뭔가 대책이 없는 듯한 말투다.

"뭐야. 대책이 없는 거야?"

[지금으로썬 없어. 저쪽에도 무당이 있었고…… 봤잖아?

기합 한 번으로 모두 물리치는 거. 꽤 강한 무당인 게 분명해.]

"너 구미호잖아? 무당 하나 상대 못 해?"

[……힘 다 잃었거든? 오백 년에 걸쳐 다 잃었거든?]

구미호는 전성기 때의 1퍼센트의 힘도 발휘하지 못하고 있었다.

"뭐 이런 구미호가 다 있어!"

[이렇게 만든 게 누군데!]

"나는 아니거든?"

[너네 선조거든!]

"그러니까 난 아니라고! 아악! 다가오고 있어! 어떻게 하지? 점점 다가오고 있잖아!"

"취이익! 도망. 쳐! 못!"

"뭐래, 저게! 겁내 크고 무서운 주제에 말투가 겁내 귀엽잖아! 그게 더 소름 끼친다고오오!"

[에잇! 이렇게 된 이상 어쩔 수 없지!]

구미호가 경식의 앞을 막아선 채 여우 불을 뿌렸다.

[허잇챠!]

화르륵 소리와 함께 쏘아져 나간 여우 불. 오크 샤먼은 굳이 그것을 피하지 않았다.

팡!

오크 샤먼은 맞지 않았다. 오크 샤먼을 둘러싸고 있는 기운이 오크 샤먼에게 여우 불이 닿는 것을 허락하지 않은 것이다.

[여, 역시 이빨도 안 들어가는데?]

"……쿵. 그런가."

경식은 이 상황을 이해했다.

오크 샤먼은 자신을 죽이려고 다가오는 것이었다.

그러니 경식은 죽는다.

그리고 자칫하면 구미호도 죽을 수 있을 것 같다는 생각이 들었다.

결단을 내려야 했다.

'구미호'

[응?]

'솔직히 나는 억울하지만, 그래도 천 년 동안 갇혀 있던 너도 억울했을 거라 생각해.'

[갑자기 무슨 소리야?]

"모옷난 선조들에게 혹사당한 구미호에게……."

경식은 오크 샤먼에게서 뒷걸음질 치며 하늘을 바라보곤 손을 뻗쳐 올렸다.

"미안하다아아!"

—가, 갑자기 미안하다니 무슨 말인 겐가? 크으! 저 녀석

어떻게 좀 해봐야 될 텐데 말일세!

노인이 조급해져서 그리 말한다.

그러건 말건 구미호는 고개를 갸웃한다.

[갑자기 뭐야? 왜이래?]

경식이 나름 멋지게 말했다.

'훗. 너라도 도망가라고.'

[……뭐? 나더러 도망가라고?]

'내가 도망쳐봤자 쫓아올 거고, 너는 영체라서 하늘도 날 수 있고 벽도 통과할 수 있다면서? 저 녀석이라면 지금의 너를 죽일 수도 있잖아?'

[……그렇긴 하지만.]

"어차피 난 죽잖아? 물귀신처럼 너를 데려갈 만큼 나쁜 사람은 아니라구."

[……경식아.]

'가! 벌써 코앞까지 오고 있잖아! 그래도 내가 그리 호락호락하게 당하진 않을 거야!'

그렇다. 마음속으로 구미호에게 말을 하고 있어서 짧은 시간에 많은 생각을 주고받을 수 있었지만, 그런 것을 감안하고서라도 오크 샤먼은 철저히 경식에게 다가오고 있었다.

하지만 구미호는 고개를 저었다.

[못 가…….]

'억지 부리지 마!'

[아니 안 가는 게 아니라 못 간다고. 나도 가고 싶은데! 못 간다고. 갈 수 있었으면 벌써 갔다고오오오!]

그렇다.

구미호가 일전에 잘 있으라며 떠났을 때, 다시 온 이유도 이것 때문이었다.

구미호는 경식의 몸에 안착하지 못하고 반쯤 걸친 상태에서 다른 세상으로 넘어온 상태다.

때문에 구미호는 경식을 떠나서는 일정 거리 바깥으론 못 나가는 것이었다.

하늘도 무심하시지.

쩨쩨하게 10미터라니!

경식이 뜨악한 표정을 지었다.

'그, 그래서 돌아왔던 거야? 내가 죽을까봐 못 돌아온 게 아니고?'

[네가 죽을까봐서도 맞아. 내가 완전히 독립된 상태가 아니면, 네가 죽으면 나도 죽을지도 모르거든. 공생관계라고나 할까? 혹시 기생수라고 아니?]

'난 알지만 넌 알면 이상한 그거 말하는 거지? 만화 제목이잖아, 그거.'

[으응. 너네 선조들의 기억들이 나에게도 남아 있거든. 잠

만 잤던 건 아니니까. 그런 거 볼 땐 중간중간에 깨서 같이 보고 그랬어.]

'그, 그렇구나.'

[아무튼 그래서 못 가. 굳이 그 이유를 다 말하면 서로 의 만 상해서 숨겼던 거야.]

'거참. 역시 여우라니까.'

[여우가 약삭빠르고 꾀가 많다고 일반화 시키지 마! 그건 일반화의 오류라고!]

크르르!

"취익! 인간! 죽어라아!"

오크 샤먼은 어느새 경식에게로 다가와 단검을 찍어 왔다. 단검의 끝은 경식의 심장이 걸려 있었고 말이다.

휙!

그것을 가까스로 피한 경식이 내친김에 반격했다.

태권도식 돌려차기였다.

"대한민국 남자라면 응당 태권도 빨간 띠 정도는 다 따놓는다고! 군대 가면 단증도 딴다고!"

물론 군대 안 갔지만.

아무튼 어설프지만 확실한 속도로 경식의 돌려차기가 오크 샤먼의 옆구리에 직격했다!

하지만.

까앙!

"끄엉!"

경식은 뒤로 주춤주춤 물러났다. 살덩이가 아니라 강철에 부딪친 것처럼 다리가 아파 왔다.

"안 먹히네. 군대 다녀왔으면 먹혔겠지?"

물론 개소리였다.

저 오크 샤먼의 피부는 단련을 해서 단단한 그런 것이 아니었다. 이건 정말 엄청나게 단단했다. 단련을 많이 해서 근육이 단단해진 정도가 아닌 것이다.

[저 새끼의 능력인가 본데?]

"그건 또 무슨 소리야?"

[아니, 그런 경우가 있어. 사실 무당이 작두를 탈 수 있는 것도 비슷한 느낌인데…… 저 경우에는 온몸이 강철처럼 단단해진 것 같아. 저 녀석도 자신의 몸이 단단해진걸 아니까 네 공격을 안 피한 거고.]

'맞춘 거 아니었어?'

[미쳤다고 그 느린 공격을 맞아 주냐?]

"끄웅!"

[저 녀석, 혼자 싸우는 것이 아닌 것 같아. 무언가를…… 그래. 그렇구나. 그렇게 된 거였어!]

구미호는 무언가를 깨닫고 함박웃음을 지었다.

'혼자만 알지 말고 소통합시다, 우리!'

[빙의! 저 새끼 지금 빙의됐다고!]

"빙의라고? 그게 무슨 말이여!"

구미호가 차갑게 웃었다.

[덕분에 우리에게도 승산이 생겼단 말이야. 안 죽고 살아갈 수 있게 되었다고!]

후웅!

오크 샤먼이 자신을 공격할 때마다 최대한 뒤로 물러나며 경식이 되물었다.

'도대체 그게 무슨 소리인데!'

[꺄호호호…… 천 년 사는 동안 이런 경우를 겪을 줄 어떻게 알았겠니.]

구미호는 뭔가 자조적인 마음과 묘한 장난기를 동반한 웃음을 흘리더니, 결심을 한 듯 말했다.

[급한 상황이니 자세한 설명은 생략한다! 살 수 있는 방법이 있는데, 할 거지 당연히!?]

'당연히 해야지!'

개똥밭을 굴러도 이승이 낫다고 했다. 당연히 살려면 무슨 짓인들 할 수 있다고 생각했다.

[그리고! 나도 하고 싶어서 이러는 거 아니니까 오해 같은 거 하지 마라. 알았지?]

크아아아!

계속해서 자신의 공격을 피하는 경식이 짜증이 났는지 오크 샤먼이 비명을 지르며 달려왔다.

마치 장난은 여기까지라고 말하는 것만 같다.

경식이 다급해졌다.

"알았으니까 빨리!"

화아아악!

구미호는 혼령체에서, 다시금 인간의 형상으로 돌아갔다.

붉은 머리칼에 붉은 눈동자. 긴 머리, 머리카락. 그리고 청초한 얼굴까지.

오크 샤먼의 공격을 피하는 와중에도 경식이 넋을 놓고 바라볼 정도였다.

뭐, 그러다가 뒤로 넘어졌지만 말이다.

풀썩.

"아이쿠야!"

넘어지면 끝이다. 오크 샤먼과의 거리는 불과 10미터도 채안 된다.

다가와서 심장이 찍히면 죽는다!

그러는 사이, 인간의 형태로 둔갑을 마친 구미호가 경식에게로 다가왔다.

아니, 다가왔다기보다는 덮쳐 들어왔다는 표현이 맞는 표현이리라.

"뭐, 뭐야. 왜 나를 덮쳐!"

구미호는 대답하지 않았다.

그리고.

구미호와 경식의 입술이 포개졌다.

"......!"

[......]

그것이 정경식 18년 인생의 첫 키스였다.

'......아니 이 와중에?'

그리고 '쪼오옥' 같은 맑고 풋풋한 소리가 아니었다.

후릅흡핥핥핥

"응우웁!"

그걸 보고 있던 노인이 입을 쩍 벌렸다.

──구 선생이 저렇게 예뻤다니! 내 왕년에도 저런 미인은 본 적이 없거늘. 저, 저 애송이가 부럽다. 갑자기 회춘하고 싶다 아!

노인이 노망난 소리를 하건 말건, 둘의 혀 섞임(?)은 계속되었다.

그리고.

[캬~하!]

재빨리 경식의 입에서 입을 뗀 구미호가 고인 침을 닦으며 말했다.

[좋았어?]

대답하려고 할 때, 구미호는 경식의 입을 막았다.

"으으으읍!"

[아 물론 대답을 바라고 한 말은 아니야. 좋았을 게 당연하잖아?]

"으읍! 읍!"

[입에 들어간 거 있지? 그거 삼켜. 좀 크지만 삼켜야 돼!]

경식은 말을 듣지 않고 시간마저 촉박했다. 구미호는 고민도 하지 않고 경식의 목젖을 손날로 후려쳤다.

팍!

꼴깍!

"크하! 뭐, 뭐야!"

구미호가 뒤로 물러나며 말했다.

[피하지 말고 힘을 집중해!]

구미호가 뒤로 물러나자, 자신을 행해 단검을 찍어 오는 오크 샤먼이 보였다.

이대로 가면 분명히 죽는다.

피해야 한다!

하지만 구미호는 절박하게 외쳤다.

[아 피하지 말고 집중하라고, 자식아!]

'피하지 말라고? 들어온 힘에 집중하라고? 도대체 방금 나한테 먹인 게 뭔데?'

경식은 그런 생각을 하면서도 얼떨결에 삼켜버린 그것에 힘을 집중했다.

물론 집중하는 법을 알 리가 없으니 화장실에서 괄약근에 힘주듯 온몸에 힘을 주고 정신을 집중하는 수밖에 없었다.

헌데 또 그 방법이 통한 모양이다.

우뚝!

경식을 찔러오던 단검이 허공에서 멈추더니,

크르르르!

오크 샤먼이 눈을 부릅뜨며 뒤로 물러나는 것이 아닌가?

"뭐, 뭐지?"

경식이 당황해하며 벌떡 일어섰다.

어느새 다시금 영체로 돌아간 구미호가 안도의 한숨을 내쉬며 말했다.

[다행히 성공한 모양이네. 이식술이.]

"⋯⋯이식술?"

[나에게 있는 걸 너한테 준 거야. 공기에 닿으면 흩어지니까 입으로 줄 수밖에 없었어. 마우스 투 마우스. 오케이?]

"⋯⋯너 지금 토종 구미호가 영어했니?"

아무튼 전혀 오케이하지 않았다. 하지만 상황이 상황인 만큼 책임과 결과는 나중에 따지기로 했다.

"……그래서. 이제 어떻게 하면 되는데?"

넘어진 자리에서 일어난 경식이 주춤 물러난 오크샤먼을 노려봤다.

"취익! 뭐, 뭐냐! 취익취익!"

오크 샤먼 역시 당황하며 그런 경식을 노려보고 있었다.

Chapter 4

강령

"크아아아앙!"

오크 샤먼은 경식을 노려보며 비명을 질렀다. 그리고 비명을 지를 때마다 경식의 몸이 떨려 왔다.

[네 영혼을 손상시키는 거야! 너도 빨리 반격해!]

"아니 그러니까 무슨 반격?"

[너도 공격하라고!]

"아까 봤잖아, 더럽게·딴딴한 거!"

뭔가 상황이 바뀐 것 같긴 한데, 좀체 이해가 되어야 말이지.

구미호가 천천히 설명하기 시작했다.

[지금 내가 너에게 건네준 건 '여우 구슬'이라는 거야.]

"여우 구슬?"

[용에게는 여의주가 있듯, 나 구미호에게도 여우 구슬이라는 것이 있지. 내 힘이 깃들어 있는! 너에겐 너무 과분한 보물이라고!]

용이랑 자신을 비교하다니.

"진짜 너 겁내 뻔뻔하다."

어찌 되었든 여우 구슬은 구미호에게는 심장과도 같은 존재였다. 구미호의 육체를 움직이는 진짜 심장 말고, 요술을 부리게끔 해 주는 두 번째 심장.

하지만 구미호는 육체를 잃었으니, 요술을 부리는 두 번째 심장인 여우 구슬이 유일한 심장이라 하겠다.

"뭐야. 그런 거 나한테 줘도 돼? 그게 막 그렇게 빼고 붙이고 할 수 있는 거야?"

[안 되지. 근데 반쯤 연결된 상태니까 가능해. 웬만하면 아껴두려고 했는데…… 아껴봤자 죽으면 똥 되잖아? 게다가 나한테 도망치라고…… 했었지? 헤헷.]

말을 흐리더니, 구미호가 배시시 웃었다.

구미호의 혼불 색깔이 약간은 더 붉어진 것 같은 느낌이 들었다.

마치 얼굴을 붉히듯이 말이다.

[기특했어. 여자 위하는 게 제법이잖아?]

"어…… 아…… 음……."

경식은 왠지 오글거리는 마음에 얼굴을 붉히려 했지만, 그럴 시간조차 주어지지 않는 급박한 상황이긴 했다.

"크아아아아앙!"

오크가 다시금 비명을 질러댔다.

하지만 조금 전의 여유는 보이지 않고, 그저 꼬리를 말고 도망치기 일보 직전의 강아지가 짖듯이 비명을 질러대고 있었다.

말 그대로 비명.

오크 샤먼은 지금 경식을 두려워하고 있었다.

"취익! 이, 인간. 갑자기, 취익!"

[왜 저 돼지머리가 너를 두려워할까?]

"……두려워하고 있어? 나를?"

갑자기 상황이 바뀐 것은 알았지만, 여우 구슬 하나 꿀꺽했다고 자신을 두려워할 정도면 애초에 구미호를 보았을 때부터 두려워해야 했던 것 아닌가?

[여우 구슬은 영적인 심장! 하지만 진짜 육체에 깃들어야 힘을 발휘하는 희한한 물건이야. 나는 지금 육체가 없고, 그러니까 여유구슬이 있었어도 저 돼지머리는 나를 무시할 수 있었던 거지. 근데 이젠 네가 가지고 있잖아? 물론 실소

유주는 나지만 말이야.]

그것은 예를 들자면 칼자루와 같았다.

여우 구슬은 잘 드는 칼이다.

하지만 그 잘 드는 칼이 선반에 놓여만 있다면 큰 위협은 되지 않는다. 괜히 건드려서 떨어뜨리지만 않는다면 발등 찍힐 일이 없다는 의미다.

하지만 그 칼을 누군가가 쥐게 되면 이야기가 달라진다.

그것이 어른이든 어린아이이든, 칼을 쥐었으면 조심을 해야 한다.

지금 경식의 수준은 어린아이의 수준이었다.

하지만 어린아이도 칼자루를 쥔 어린아이였다.

아무렇게나 휘두른 칼에 잘못 맞으면 피가 난다. 더군다나 이 경우엔 닿으면 죽을 수도 있는 맹독이 발라져 있는 칼이었다.

오크 샤먼이 경계하고 두려워하는 것은 어찌 보면 당연한 것이었다.

"호오, 그렇단 말이지?"

[그래도 조심해. 영적으로 너는 갓난아이 수준이니까. 마음만 먹으면 어설프게 들고 있는 칼을 금방 뺏길 거야. 그러니까 눈 부릅떠!]

"오케이 상황파악 끝났어!"

칼을 쥐고 있더라도 제대로 휘두르지 못하면 몽둥이에 맞아 죽는다.

구미호가 하는 말의 의미를 깨달은 경식이 침을 꿀꺽 삼켰다.

"근데 그럼 이 검을 휘두르는 법도 나한테 가르쳐야지!"

[아 시간이 그리 많냐! 원초적인 부분만 빠르게 들어! 무당의 자식이라면 강령술 정도는 들어봤어, 안 들어봤어. 들어봤지! 안 들어봤으면 죽는다고! 들어봤지!]

강령술.

경식은 당연하다는 듯 말했다.

"잘 모르는뎁쇼."

[…….]

이제 구미호는 당황하지도 않았다. 그냥 그러려니 하며 최대한 빠르게 설명했다.

정말.

정신적으로 이어지지 않았더라면 설명하다가 오크에게 진즉에 맞아죽었을 것이다.

[말 그대로 영혼을 부리는 방법이란 거야. 영혼을 불러오거나, 불러와서 이용하거나 하는. 무기도 여러 가지가 있잖아? 검사의 무기는 검이고, 무당의 무기는 영혼이지.]

대충 무슨 말인지는 알겠다.

"그러니까, 영혼을 부리라는 건가?"

구미호는 긍정했다.

[강령술에 속해 있는 빙의술을 사용하는 거지. 아니, 이 경우엔 빙의라는 말보다는 접신이라는 말이 옳겠네.]

"접신?"

[그래. 나를 받아들였을 때의 그런 접신. 물론 나는 네가 거부해서 반쯤 튕겨져 나갔었지만, 지금은 그래선 안 돼. 신을 받아들여야 우리가 살 수 있어!]

─끌끌끌. 드디어 이 늙은이가 나설 때가 되었나 보군!

어느새 다가온 노인이 쑥스러운 듯 웃음을 머금었다. 자신을 받아들여 싸운다는 말인 줄 알았던 모양이다.

구미호가 기가 찬다는 듯 노인을 노려본다.

[미쳤다고 노인네를 받아들이겠어?]

─어허! 구 선생! 내가 왕년에 얼마나 잘 나가는 용사였는데 그러오! 아마 들으면 깜짝 놀랄 걸! 내가 왕년에…….

"그놈의 왕년 타령은!"

구미호는 노인을 무시한 채 설명을 계속했다.

[지금은 저렇게 얼어 있지만, 저 오크도 생각이 있는 이상 달려들 거야. 단지 달라진 건 사냥감에서 대등한 상대를 대하듯 진지하게 임할 거라는 거지.]

"그럼 더 상황이 악화된 거 아닌가?"

[아니지. 이제 너도 공격다운 공격을 할 수가 있으니까.]

"어떻게 하면 되는 건데?"

[신을 받아들일 준비를 하고, 저 오크를 보면 돼.]

……보면 된다고?

"그런 또 무슨 소리래?"

[정확히는 저 오크 속에 있는 신령을 바라보는 거야. 신령과 직접적인 교감을 이루는 거지. 물론 교감은 안 될 거야.]

"그럼 의미가 없잖아?"

[하지만 네가 저 오크 따위보다 훨씬 큰 그릇이라는 건 알겠지. 음식으로 따지면 6등급 편육과 1등급 한우 정도의 차이인 거야.]

"저, 적당한 비유긴 한데 네가 하니까 좀 이상하다."

[풋. 아무튼 이해가 되니?]

이제야 이해가 되었다.

"그런데 내가 저 녀석보다 먹음직(?)스럽다는 걸 어떻게 알아?"

[썩어도 준치라는 말 알지? 너는 무려 이 구미호님을 봉인한 녀석의 후손이야. 이쪽 업계(?)에선 적수를 찾을 수 없을 정도의 재능을 가졌어!]

"……."

경식은 얼떨떨한 표정을 지었다.

살아오면서 어딘가에 '소질이 있다'는 말 자체를 들어본 적이 없었던 것이다.

상황에 전혀 맞지 않는 감정이지만,

감동.

그래. 감동받았다.

"헤헤. 뭐야, 전혀 그렇지 않거든? 나 완전 그런 말 하면 누가 좋아할 줄 알고?"

[……겁내 좋아하는데?]

경식은 일전에 할아버지에게 내림굿을 받을 때를 떠올리며 최대한 몸을 이완시켰다.

말 그대로 무방비 상태였다.

"취익! 요때다!"

무방비 상태인 것을 본 오크 샤먼이 이때다 싶어 달려들었다.

서로의 거리가 좁아지며 오크 샤먼의 주먹이 경식의 머리로 내리꽂힌다!

그 순간.

경식의 눈이 떠졌다!

……!

오크 샤먼은 경식에게 주먹을 날리던 자세 그대로 돌처

럼 굳어버렸다.

경식의 새까맣고 맑은 눈동자가 오크 샤먼의 초록색 눈동자. 그 너머에 있는 누군가의 모습을 바라봤다.

경식은 오크 샤먼의 눈동자 속에서 또 다른 오크를 보았다.

그 오크는 키가 3미터였고, 피부가 회색이었으며, 마찬가지로 회색 눈동자에는 투쟁본능이 가득 차 있었다.

경식은 떨리는 마음을 애써 추슬렀다.

오크에게 말이 통할 리 없지만, 그래도 그 오크에게 말을 걸었다.

"지금 네가 있는 녀석보다, 내가 너에게 더 잘 해 줄 수 있을 거야. 내가 왕자님보다 더 잘해 줄게."

…….

무표정이던 회색 오크의 입꼬리가 씰룩 올라갔다.

그리고 경식에게로 달려들었다.

투화아아악!

오크 샤먼의 입이 열리며 그곳에서 회색 연기가 뿜어져 나왔다.

그리고 그 회색 연기는 경식의 주변을 부드럽게 맴돌더니 그의 코와 귀, 입으로 빨려 들어갔다.

경식은 그것을 내치지 않고 받아들였다.

후으우웁.

숨을 깊게 들이쉰 경식이 그대로 소리를 질렀다.

[크아아아아아아아앙!]

공기가 파르르 떨리며 그 충격파가 일직선으로 쭉 나아갔다.

그것이 오크 샤먼의 가슴을 팍! 하고 때렸다.

우당탕탕!

"크아앙!"

오크 샤먼이 가까스로 몸을 일으켰다. 오크 샤먼의 얼굴에는 배신감이 짙게 물들어 있었다.

마치 애인에게 뒤통수를 맞은 비련의 주인공 같은 표정이었다.

마치 '오, 오빠! 어떻게 나한테 이럴 수가 있어! 내가 얼마나 잘해 줬는데!' 라고 말하는 듯했다.

하긴, 자신이 영접하던 신이 경식에게로 옮겨갔으니 그럴 만도 하다.

"취익! 어, 어떻게…… 내가 분기별로…… 인간도 상납했는데…… 취익!"

재물을 두고 하는 말인가 보다.

경식은 씩 웃으며 그(?)와의 이별을 대신 통보했다.

"네년보다 내가 더 좋다잖아? 썩 꺼지시지? 구질구질하게 질질 짜지 말고."

"크허어엉!"

오크 샤먼이 눈물을 흩뿌리며 주먹으로 경식의 얼굴을 강타했다.

경식은 굳이 피하지 않았다.

그리고 곧.

경식의 피부에 반투명한 무언가가 덧씌워졌다.

회색의 나무껍질 같은 거친 피부였다.

까앙!

경식이 한 발자국 뒤로 밀려났다.

하지만 그것은 굳이 밀려나는 몸을 버틸 필요가 없었기 때문이지 타격을 입어서가 아니었다.

"끄아앙!"

오히려 오크 샤먼이 부러진 손을 부여잡고 뒤로 밀려났다.

경식은 그런 오크에게로 다가가 손을 휘둘렀다.

"가위!"

손은 주먹이 아닌 가위를 쥐고 있었다.

찌직!

무언가가 찢어지는 소리가 났다.

그것은 바로 돼지 콧구멍이 찢어지는 소리였다.

조금 전 상황이 불리해서 못 했지만, 꼭 해 보고 싶었던 공격방식이었다.

"끄허어엉!"

"아직 끝나지 않았어! 방금 그건 나를 납치한몫! 그리고!"

바위!

빡!

오크의 입에 경식의 주먹이 꽂혔다.

"이건 날 보고 입맛을 다신 벌이다!"

"취이이익!"

돼지의 강냉이가 우수수 떨어졌다.

보!

"그리고 이건 지금까지 죽은 사람들의 몫이다!"

쫘아악!

돼지의 싸다구가 돌아가며 입안에 머금고 있던 강냉이가 털렸다.

손가락으로 돼지 콧구멍을 쑤시고 주먹과 보자기로 강냉이를 터는 모습을 보며, 구미호는 말했다.

[푸, 푸흡. 가, 갖고 놀지 말고 품! 끄, 끝내버려 푸하항! 지금은 너에게로 옮겼지만 옛 애인 품! 애인이래 푸하핫! 애, 애인 생각나면 언제 널 떠날지 몰라! 원래 남자란 푸

그런 족속인데 푸흡 왜 이렇게 웃기냐? 꺄호호홋!]

"남자가 모두 그런 족속은 아니거든! 칫, 아무튼 네 말에도 일리가 있다."

경식은 자신의 손을 보았다.

살색의 피부에 회색의 반투명한 무언가가 덧씌워져 있었다.

오크 신의 영혼과 접신을 해서 생긴 결과였다. 접신이 풀리면 아마 원래대로 돌아오겠지.

"이게 바로 접신이라는 거구나."

[아마 대한민국에서는 이러지 못했을 거야. 그런데 이 세계는 뭔가 좀…… 달라. 영혼의 밀도가 높고 강해. 그래서 가능한 거야. 거기에 네 소질도 한몫 하고 있고 말이야.]

소질이 좋기 때문에 오크 샤먼과 다른 방식으로 신력이 나타난 것이었다.

실지로 오크 샤먼은 비명만 지를 줄 알았지 그 힘을 한 곳으로 쏘아 보내는 것은 하지 못했다.

그리고 피부 역시 회색으로 바뀌지 않았다. 오크 샤먼의 피부가 돌덩이였다면 경식은 강철이다.

이게 바로 소질의 차이였다.

그래서 오크 신이 오크 샤먼을 버리고 경식에게로 간 것이었고 말이다.

하지만 그에 대한 부작용도 상당했다.

"크르르르르르."

경식이 맹수처럼 그르렁거리기 시작했다. 눈의 흰자위가 붉게 변했다. 입에선 침을 흘리고 표정 역시 맹수처럼 사나워졌다.

"크앙!"

경식이 폭발적인 속도로 다가가 오크 샤먼의 얼굴을 후려쳤다.

짝!

오크 샤먼의 얼굴이 더 이상 꺾이지 말아야 할 곳까지 꺾여버렸다.

참으로 허무한 죽음이었다.

퍽! 퍽퍽! 퍽!

하지만 경식은 멈추지 않았다. 오크 샤먼이 죽었음에도 주먹질을 멈추지 않았다.

회색 주먹에 오크 샤먼의 초록색 피가 방울방울 떨어졌다.

"크르르. 크르르르! 쥐익. 쥐익! 췌이이이이익!"

경식의 꿀성대에서 돼지 멱따는 소리가 들려온다!

[자식아! 지배를 해야지 지배를 당하면 어떻게 하니?]

하긴, 처음부터 완벽할 수는 없으려나?

구미호가 한숨을 내쉬며 경식의 몸 안으로 들어갔다.

물론 오크 신이 몸을 점령한 상태. 다른 영혼이 지금의 경식에게 들어가는 것은 쉽지 않다.

하지만 썩어도 준치라고 했다.

구미호는 구미호.

한낱 오크 잡신 따위와는 그 위상이 비교가 되지 않는 것이었다.

물론 물리력은 전부 잃었지만, 서열상으로 따지자면 오크 신은 구미호의 까마득한 아래라는 것이다.

게다가 오크 신을 불러들인 매개체인 여우 구슬의 주인이 바로 구미호다.

경식의 몸에 처음 자리를 잡은 선배(?)도 구미호다.

아무리 구미호가 약하다고 해도, 경식의 몸속은 구미호의 홈그라운드였다.

질 리가 없는 것이다.

크앙!

그것을 알아차린 오크 신이 경식의 몸에서 나가려고 했다. 그래야 구미호에게 굴복하지 않을 테니까 말이다.

구미호가 코웃음을 쳤다.

[들어올 땐 마음대로였지만 나갈 때는 아니란다.]

구미호가 힘을 부려 오크 신을 나가지 못하게 했다.

아니, 그것을 넘어 여우 구슬로 영혼을 전부 빨아들였다.

오크 신은 어떻게든 빠져나오려 발버둥을 쳤지만 구미호는 끝끝내 오크 신을 놓아 주지 않았다.

[정신 좀 들어?]

"……아우웅."

그제야 이성을 잃었던 경식이 정신을 차렸다. 눈동자도 돌아왔고 피부 역시 맑은 살색으로 변했다.

"으."

눈앞에는 경식의 주먹에 맞아죽은 오크 샤먼이 침을 질질 흘리고 있었다.

그제야 이성을 잃었을 때 했던 잔인한 짓이 기억이 났다.

"그런 짓을 하다니. 완전 이종격투기선수 같았어. 플라잉 니킥이라니……."

[그런 거 한 적은 없거든?]

유머러스하게 어물쩡 넘어가려 했지만, 이미 경식은 평상심을 잃은 상태였다.

살아 있는 생명을 죽인 적조차 없는데 인간과 비슷하게 생긴 오크를 죽였으니 정신적으로 충격을 먹은 것이다.

그리고.

털썩.

접신으로 인해 몸의 에너지를 전부 소진한 탓에 그는 잠에 들었다.

다행히 주변엔 아무것도 없었다.

[거참. 손이 많이 가는 꼬맹이라니까.]

—끌끌. 왕년에 나도 첫 싸움에 임했을 적이 있었지. 그
때가 생각나는구먼.

[그놈의 왕년 타령은.]

구미호는 혀를 끌끌 차며 경식을 보았다.

경식은 코까지 드르렁대며 잠을 자고 있었다.

구미호가 빙긋 웃었다.

[잘 했어. 애송이치고는.]

*   *   *

경식은 또다시 꿈을 꾸었다.

똑같은 꿈이었다.

눈앞에는 자신이랑 많이 닮은 주제에 예쁘장하고 이국적
으로 생긴 백발에 은색 눈동자를 가진 여인이 그를 노려보
고 있었다.

[나에게로 오너라!]

"하아, 또 그 소리네."

여인 역시 눈 하나 깜짝하지 않았다.

[흐, 흐응! 곧 너에게 나의 사자가 당도할 것이야. 너는 그 녀석의 안내를 따라 나에게로 오면 된다. 그러면 내가 너에게 힘을 줄 것이다. 알았느냐아?]

　　"예에, 중전마마."

　　[주, 중전? 무슨 개소리냐?]

　　"네가 하는 소리가 개소리지! 도대체 무슨 소리인지 하나도 모르겠네. 알아듣게 설명할 수는 없는 거냐!"

　　[와보면 안다! 와보면 알게 될 것이야!]

　　"아니 그러니까……."

　　경식은 지금 이 상황이 짜증이 났다. 생전 모르는 여자애가 자신에게 계속 오라고 그러는 상황도 웃기고, 다른 세계로 떨어진 상황도 웃겼다.

　　"안 그래도 나 지금 머리 아파요. 그러니까 자꾸 나를 자극시키지 마. 저번처럼 목을 졸라 버리는 수가 있다?"

　　[뭬야? 가, 감히 네놈이?]

　　"어! 감히. 내가!"

　　[꺄아악!]

　　그리 말하며 경식이 하 발자국 다가오자, 여자는 화들짝 놀라며 뒤로 물러났다.

　　[아, 아무튼 지금쯤이면 그곳으로 녀석이 갔을 게다. 그러니 넌 올 수밖에 없어! 알았느냐?]

"……도대체 무슨 말을 하는 건지."

[나, 난 가겠다. 겨, 결코 네가 무서워서가 아니니라!]

"아니 그러니까……."

[꺄악!]

경식이 말하면서 앞으로 내딛자 화들짝 놀라며 뒤로 물러난다. 뭔가 남성혐오 비슷한 병을 앓고 있는지, 당하는 입장에선 뭔가 상처받는 느낌이다.

"가버렸네."

경식은 꿈속에서 머리를 긁적였다.

얼마 후, 햇살이 눈이 부셔 그 역시 꿈에서 깨어났다.

* * *

"<u>으으으</u>."

눈꺼풀을 비추는 햇살에 경식이 일어나서 기지개를 켰다.

"크흐으."

[이런 곳에서 잠이 오니? 으응?]

—헐헐헐. 아주 잘 자더구먼! 아주 그냥 곰이라도 왔으면 큰일 날 뻔했어!

"……?"

경식은 주변을 둘러봤다. 오크 샤먼을 죽인 제단에서 그대로 뻗어서 잤는지, 주변엔 타다 만 풀들과 오크들이 널브러져 있었다.

그런데 그런 것치곤 햇살이 너무 밝아서 징그럽게 보이지 않았다.

뭐랄까, 햇살의 아름다움에 징그러움이 상충되어 묘한 기분이다.

"아아, 내가 얼마나 잤어?"

[하룻밤 내내.]

"……."

[몸은 좀 어때?]

"음…… 나쁘진 않네."

[처음 접신을 해서 그래. 가뜩이나 체력도 없는데 완전 죽을 맛이었을 거야. 꼬맹이치곤 잘 견뎠어. 정말 훌륭해!]

구미호의 칭찬에 경식이 멋쩍어했다.

"그나저나, 그럼 그 오크 신은 어떻게 된 거지?"

[여우 구슬에 가둬놨지. 서열정리도 이미 끝난 상태고…… 간혹 네가 이성을 잃는 경우가 생겨도 내가 알아서 조율해 줄 수 있을 거야. 이제 맘껏 싸워도 돼!]

"으잉. 싸우긴 왜 싸워? 집으로 돌아가야지."

하지만 돌아갈 방법이 없었다.

이제야 다른 세계에 왔다는 것이 실감이 난다.

울컥. 눈물이 쏟아졌다.

"으엉. 집에 돌아가고 싶은데 돌아갈 방법이 없어. 아아…… 이건 뭐…… 차라리 꿈이었으면 싶네."

장난기 섞인 말이었지만, 그 말이 경식의 슬픈 마음을 가려주진 못했다.

구미호도 노인도 그런 경식을 그저 바라보기만 할 뿐, 한동안 아무런 이야기도 할 수 없었다.

─우선 이러지 말고 마을로 내려가는 게 어떤가? 이곳은 숲이고, 맹수들도 많지. 경식이라고 했지? 네가 가진 힘이라면 맹수는 괜찮겠지만, 우선 사람 얼굴들은 좀 봐야하지 않겠는가?

[노인네도 따라오려고?]

─헐헐헐. 구 선생! 이곳에 있던 이들도 모두 없어진 마당에, 내가 더 이상 이곳에 있을 이유가 없지 않은가? 그리고 이유는 모르지만 이곳에 대해 잘 모르는 모양인데, 나는 왕년에 용병 생활을 하며 대륙 전 지역을 돌아다녔다네. 나만큼 이 세계를 속속들이 알고 있는 사람도 드물 걸세!

그 말도 맞는 말이었다. 다른 세계에서 왔어도 우선 이 세상에서 살아가야 했고, 적응해야 했다.

그러려면 정보가 필요하다.

그리고 눈앞에 노인은 자기 말로는 왕년에 잘 나가던 몸.

도움이 될 것 같기는 했다.

"흐음. 그래주시면 고맙죠, 뭐."

—헐헐. 우선 이 자리를 빠져나가는 게 좋을 걸세. 피 냄새가 진동을 혀.

"그게 좋을 것 같네요. 아이고, 팔다리어깨무릎이야."

경식은 한숨을 내쉬며 자리에서 일어났다. 하지만 일어난 순간 배가 찢어질 듯 아파 왔다.

그는 자신의 배를 바라봤다.

아랫배 쪽에 붉은 검상이…….

"없네."

그냥 배가 고픈 거였다.

[하긴. 여기 와서 제대로 된 밥을 먹은 적이 없으니 그럴 만도 하지. 그런 몸 상태로 접신까지 했으니.]

—오크들이 버리고 간 마을을 좀 뒤져보면…… 뭔가 나올 리가 없으려나.

여우 불을 뒤집어쓴 망령들이 오크들을 태웠고, 그 오크들이 타오르며 불이 번졌다.

불 역시 진압되긴 했지만 숲이고 집이고 모두 불타 재만 남았던 것이다.

"근처 마을……까지 먼가요?"

―가깝진 않지.

　"젠장! 가기 전에 굶어 죽겠다아!"

　경식의 짜증이 목소리가 되어 퍼져 나갔다. 물론 그 말에
대답이란 없고 메아리가 퍼져 돌아올 뿐이었다.

　아니, 그래야만 했는데 대답이 들려왔다.

　"qkqdlfkaus durl dlTek!"

　콰앙!

　경식의 바로 앞에 무언가가 떨어지며 먼지바람이 일렁거
렸다.

　"뭐, 뭐지?"

　경식은 인상을 찌푸렸다. 점차 먼지바람이 걷히며 누군
가의 모습이 드러났다.

　2미터가 넘어가는 거대한 키. 사자의 갈기 같은 갈색 머
리카락. 구릿빛 피부. 그리고 쇠를 긁어서 난 흠집처럼 몸
을 더욱 단단해 보이게 만드는 자잘한 상처까지!

　그리고 등 뒤에 멘 거대한 검은…….

　꿀꺽.

　경식은 순간 '아아, 내가 이곳에서 죽는구나' 싶었다.

　다짜고짜 자신의 눈앞에 뚝 떨어졌으니, 결코 좋은 꼴은
못 보리라 생각한 것이다. 헌데 그 거한이 주머니에서 무언
가를 꺼내더니 경식에게 건넸다.

그것은 누가 봐도 육포였다.

단지 주먹 크기의 육포라서 조금 놀라울 뿐이다.

"ajrdjfk! gkwlaks rldjrgofk. sjsms skdhw rkxdl rkdi gksek!"

"뭐, 뭐라고 하는 거야? 캔유 스피킹 잉글리쉬? 아인빠인 땡큐앤유?"

"dktck! wndlsslaRptj akfdl dks xhdgkftneh dlTekrh gktuTdjTwl!"

그러더니, 거한이 바지주머니에서 동그란 은색 구슬을 꺼내더니 자신의 손가락에 가져다 대었다.

그러자 구슬이 손가락을 감싸더니 은색 반지가 되었다.

"뭐, 뭐야. 내가 지금 뭘 본 거지?"

경식이 그런 말을 하자, 사내가 씩 하고 웃으며 소리쳤다.

"너를 데리러 왔다!"

"저승사잡니까!"

아니, 그 전에. 갑자기 어떻게 한국어를 하고 있는 거지? 그것도 엄청나게 유창하다!

경식의 생각이야 어쨌든, 남자는 여전히 호쾌하게 웃으며 말했다.

"먹을 것을 주겠다. 그러니 으리 있게 같이 가자! 나의 주인이 있는 곳으로!"

그러더니 악수라도 하자는 듯 손을 내민다.

"……뭐라굽쇼?"

그 투박하고 거대한 손을 바라보며, 경식은 얼떨떨해 할
뿐이었다.

Chapter 5
제이크

남자는 다짜고짜 경식에게 육포를 내밀었다.

"먹어라! 먹어야 산다!"

"뉘, 뉘신지……?"

아무리 배가 고파도, 이 상황에서 육포를 받을 수 있는 사람은 아마 없을 것이다.

"저, 저를 해칠 건가요?"

남자가 호쾌하게 대답했다.

"육포를 받으면 이야기하겠다!"

"아니 뭐 준다는데 안 받을 수도 없고……."

경식이 망설이자, 옆에 있던 구미호가 속삭였다.

[나쁜 의도는 없는 것 같은데?]

―왕년에도 나는 사람 볼 줄 아는 사람이었는데, 괜찮은 사람인 듯싶으니 받아 두게.

"와, 지들 일 아니라고 막 먹으라네. 독이 들었건 뭐가 들었건 내가 먹는다 이거지?"

한 마리의 요괴 영혼과 한 명의 영혼이 경식에게 그렇게 속삭이자, 가뜩이나 배가 고픈 상황인지라 받아먹을 수밖에 없었다.

"고, 고마워요."

"하하! 동료끼리 무슨 소리!"

누가 누구의 동료라고 말하는 거지? 경식은 경황이 없었지만 그것과는 전혀 상관없이 입은 육포를 잘근잘근 씹어 삼키고 있었다.

이거, 의외로 짭짤하니 맛있었다.

"그걸 다 먹으면 한 끼는 충분! 몸 안에서 불어야 하니 물을 먹어라!"

"무, 무슨 방식입니까 그게?"

그런 말을 하면서도 경식은 남자가 건네는 물을 받아먹었다.

아아, 꿀맛 꿀맛 이런 꿀맛이 없었다.

어쨌든 주먹 만한 육포를 다 먹어치울 때까지 남자는 경식을 뿌듯한 눈으로 바라봤다.

흠칫!

경식은 그 뿌듯한 눈빛이 부담스러워서 덜덜 떨며 육포를 받아먹었다.

마치 살 찌워서 잡아먹으려는 늑대 같은 그윽한 미소였기 때문이다.

"다 먹었나!"

"그, 그렇습니다만."

"그것은 나의 일용할 오늘 양식이었다!"

"헙!"

너무 두서없고 강력하게 내뱉는 말투에 영 적응이 되질 않았다.

경식은 머리를 긁적이며 일단 고개를 꾸벅 숙여 보였다.

"감사합니다."

"감사는 무슨! 너에게 더 필요한 것이었으니 줘야 맞는 것이지! 우리는 동료 아닌가!"

"버, 벌써요?"

남자가 뭘 그런 걸 물어보냐는 듯 능글맞게 웃었다.

"동료는 콩 한 쪽도 나눠먹는 사이!"

"그, 그렇죠?"

"그런데 너는 내가 오늘 먹을 양식을 모두 먹어버렸다!"

"주, 주셨으니까요?"

"그렇다면 너는 동료. 그게 아니라면 내 양식을 빼앗아 먹은 적이다!"

경식은 어이가 없어서 벌떡 일어났다.

"뭔 개소리야!"

"동료를 할 텐가, 적이 되어 내가 너를 죽이는 상황을 만들 텐가!"

"차라리 사채를 써요! 세상에 억지로 먹여놓고 죽이겠다니 말이 돼요!?"

콰앙!

남자가 주먹으로 아름드리나무를 후려쳤다. 그러자 나무가 우웅! 하는 소리와 함께 깊게 파였다.

참고로 건장한 남자 3명이 안아야 겨우 안아지는 그런 굵은 나무였다.

"적이냐! 동료냐!"

"……"

막무가내도 이런 막무가내가 없었다.

[당장 여우 구슬을 사용해! 강령술을 사용하면 빠져나갈 수 있을지도 몰라!]

―헐헐! 미안하구먼 내가 사람을 잘 못 본 것 같으이.

"……"

경식이 혼란스러워하는 가운데, 남자는 여전히 호쾌한 웃음을 흘리고 있었다.

"하하하하! 몬스터의 영혼과 인간의 영혼! 다 보인다! 확 흡수해버리기 전에 입을 다물라!"

그 말에 벙쪄진 구미호가 노인에게 물었다.

[몬스터가 뭐야?]

―말 그대로 괴물이란 뜻이오.

[뭐 그럼 요괴랑 비슷한 건가?]

―요괴가 뭐인지는 모르지만 아마 비슷하지 않을까 싶소.

[그나저나 우리가 보이나 봐?]

―헐헐 그런가 보오? 신기한데? 요즘엔 개나 소나 영혼 보는 게 유행인가?

"뭐야. 둘이 보여요?"

그 말에, 남자가 피식 웃으며 고개를 끄덕였다.

"그건 기본이다. 그게 되지 않았더라면, 난 에리카님을 섬 기지도 못했을 테니까!"

도대체 무슨 말을 하는 건지 알 수가 있나?

남자는 아무렴 어떠냐는 듯 털썩 주저앉았다.

땅에 엉덩이가 붙자 쾅! 하는 소리와 함께 주변이 약간 흔들리는 듯한 기분이 들었다.

"일단 진정하고 앉아라. 앉고 싶을 것이다."

"네, 네에. 겁나 앉고 싶어지네요."

앉지 않으면 죽일 것만 같았다.

*　　*　　*

"너는 에리카 님이 이곳으로 데려왔다. 그리고 나는 에리카 님이 이곳으로 데려왔지!"

앉자마자 하는 말이 전혀 알아들을 수 없는 말이었다.

경식은 우선 조곤조곤 하나씩 물어봤다.

"에리카라는 사람이 누군가요?"

"나의 주인!"

"아니 그러니까……."

"너의 소울메이트(운명공동체)이기도 하다!"

"이건 뭐……."

말이 통하지 않는 것 같았다.

그래도 어찌 되었든 안 사실은, 에리카라는 사람이 자신을 대한민국에서 이곳으로 끌고 왔다는 사실이다.

'와. 뭐야. 생각보다 놀라지도 않았네.'

말투 자체가 적응이 안 되다 보니, 누군가가 자신을 이곳으로 데려왔다는 사실을 알았음에도 놀랄 타이밍을 놓쳐버렸다.

경식은 남자에게 이야기 듣는 것을 포기하고, 오히려 질문하는 형식으로 자신이 알고 싶은 사실을 알아갔다.

"그럼 에리카라는 분은 누구시죠?"

"나의 주인. 그리고 너의 소울메이트이다!"

"앵무새예요? 왜 똑같은 말만 반복하는 건데요!"

답답할 노릇이었다.

―경식군. 내 생각엔 저 양반은 말귀를 못 알아듣는 정도가 아니라 아예 말이 안 통하는 사람인 것 같네.

"말귀가 안 통하다니! 나는 이곳에 설명을 하고, 저 소년을 데리고 가려고 왔다!"

―헐헐 맞다. 나를 볼 수도 있다고 했지? 뭐라고 그랬더라. 베어 버리기 전에 조심하라고 그랬던가? 맞는가, 덩치 큰 친구?

그리 말하며, 노인은 흘낏 남자를 노려봤다. 남자 역시 노인을 노려봤다.

둘의 눈이 마주쳤다.

이상하게도, 남자는 약간 당황하며 노인에게서 시선을 떼어 소년. 경식을 바라봤다.

"그저 나와 같이 가면 된다!"

"이게 말이냐고, 방구냐고…… 아이고 두야."

경식은 머리가 아파오는 것을 느꼈다.

이곳에 떨어지고 나서부터 도대체 말이 되는 일이 하나도 일어나지 않는다.

그때, 가만히 이야기를 듣고 있던 구미호가 나섰다.

[이봐, 아저씨!]

"아저씨가 아니라 제이크다!"

남자의 이름은 제이크였다.

그리고 그 이름을 들은 노인이 피식 웃었다.

―헐헐. 제이크라. 아는 이름이로군.

"나를 아는가?"

―알다마다. 그렇다면 등 뒤에 메고 있는 무식한 검의 이름은 소울이터겠군?

노인이 남자에 대해 알은 척을 하자, 경식이 노인을 새삼스레 바라봤다.

"아는 게 많다는 게 거짓말은 아니었나 보네요?"

―헐헐. 사실 이 정도는 이곳 상식이지. 우리 앞에 있는 저 남자, 꽤나 유명한 사람이라네.

노인은 설명에 들어갔다.

소울이터의 주인.

귀검사 제이크.

그는 길고 얇은 검 한 자루를 들고 대륙에 이름을 떨친 경력이 있는 엄청난 검사였다.

그의 검은 빛이라는 평을 받을 만큼 빠르며, 그가 검을 뽑으면 반드시 한 명의 목이 떨어진다는 말도 있을 만큼 대단한 사람이었다.

강자를 찾아 이곳저곳을 떠돌아다니는 늑대 같은 사나이.

모두가 그를 빛의 늑대 제이크라 불렀다.

각 국을 돌아다니며 그곳을 대표하는 검사들과 결투를 벌였고, 비긴 적은 있지만 진적은 단 한 번도 없었다.

그리고 이기는 경우엔 언제나 상대방의 목이 일 검에 바닥에 떨어졌다.

―하지만 32년쯤 전에 에리오르슈 가문에 강자를 찾아 갔다가 그 가문의 가주에게 패배를 했고…….

"그 이후 나는 소울이터를 얻은 후 더욱 강해졌지. 모두 다 에리오르슈 가문의 위대하신 전대 가주! 라무님 덕분이시다!"

제이크는 입에서 침까지 튀기며 노인의 설명을 마무리 지었다.

에리오르슈 가문에 투신한 후로, 그는 '빛의 늑대 제이크'가 아닌 다른 이름으로 불리게 된다.

귀검사.

그리고 그런 제이크의 등 뒤에 매달려 있는 거대한 것이, 바로 그의 검인 소울이터였다.

―내가 왕년에 듣기로 상당히 키가 큰 건 맞지만 팔이 길

고 호리호리한 체형이라 하였는데, 30년이 지난 지금은……

저거는 말 그대로 근육돼지였다. 뇌까지 근육으로 되어 있는지 단순하고 무식하며 제멋대로이기까지 하다.

"그럼 에리카라는 사람은 누구인가요?"

"너를 데려온 사람! 너의 소울메이트이다!"

"아 쫌!"

경식이 경기를 일으키자 구미호가 그를 다독이며 말했다.

[경식아 질문 방향을 바꿔 보자.]

"그럼 뭐라고 그래?"

아무튼 구미호가 잘 보라는 듯 제이크에게 질문했다.

[그 에리카라는 아이는 너의 주인일 뿐이야?]

"주인이자, 현 에르오르슈 가문의 가주이시기도 하다!"

[그래, 이제 좀 이야기가 설명이 되네.]

구미호가 현 상황을 설명했다.

누군가가 구미호가 경식의 몸에 들어갈 시간에 딱 맞춰서 장난질을 쳤고, 그 때문에 다른 세계로 넘어왔다.

그 누군가는 에리오르슈라는 가문의 현 당주라는, 에리카라는 사람이라는 것이다.

그리고 그 에리카는 경식이 있는 곳으로 이 제이크라는 무식하게 거대한 남자를 보냈다는 것이다.

그 목적은, 경식을 에리카라는 사람에게 데리고 가기 위해서라고 한다.

[여기까지는 맞지?]

"그렇다. 나 제이크는, 에리카님의 부탁을 받고 이곳까지 온 것이다! 그러니 나와 함께 가면 된다!"

그리 말하며 다시금 경식을 바라본다.

"가자!"

"아우우 나 어떻게 해야 됨?"

우선, 경식을 이곳으로 끌고 온 사람이 에리카라는 사람이라고 하고, 누군가를 시켜 경식을 데리러 왔으니 따라가야 하는 게 맞는 것 같았다.

사실 딱히, 갈 곳도 없지 않은가 말이다. 오히려 목적지가 생겼기 때문에 좋아해야 하는 상황이었다.

'나를 왜 이곳으로 데려왔는지도 따져봐야 하고 말이야.'

빠득!

절로 이가 갈렸다. 도대체 왜. 멀쩡히 수능공부 하고 있던 나를 이곳으로 끌고 왔단 말인가?

그 이야기를 듣지 않으면 안 될 것 같았다.

[선택은 네 몫이야.]

구미호가 빙긋 웃으며 그리 말한다.

경식은 한결 마음이 편해져 말했다.

"좋아요. 따라가죠."

제이크가 호쾌한 웃음을 지으며 고개를 끄덕거렸다.

"그렇다면 슬슬 가자!"

"그런데 어디로 가야하나요?"

그 말에, 당장에라도 일어나서 걸어가려고 했던 제이크가 우뚝 멈춰 섰다.

잠시 당황하더니,

다시금 호쾌하게 웃는다.

"모른다!"

"……."

―허허! 행선지를 모른다니? 에잉, 그게 말이나 되나? 게다가 에리오르슈라고? 허허허허!

왕년 노인의 말에, 제이크는 굴하지 않고 말한다.

"길은 모르지만 방법은 안다."

[뭔데!]

제이크는 신주단지처럼 모시던 세상의 진리와 비밀을 선뜻 알려주는 듯한 표정으로 나직하게 말했다.

"근성이다."

…….

"근성으로 찾으면 찾지 못할 것이 없다!"

참다못한 경식이 벌떡 일어났다.

"꺼져! 썩 꺼지라고!"

"이 녀석이!"

[자기 주인이 있는 곳도 몰라!]

"커흐읍!"

구미호의 말에 제이크는 침통한 표정을 지었다.

"내가 지켜드리지 못한 탓이다. 내가 잘 지켜드리기만 했었어도……."

—흘흘흘. 그럴 만도 하지. 망한 가문이니 말이야.

"망한 가문이요? 아까 그 에리오르슈 어쩌고 하던데, 아는 가문이에요?"

경식의 말에 노인이 고개를 끄덕였다.

—이 나이쯤 되면 많은 것들을 알게 되지. 그리고 그 많은 것들을 깔끔하게 저장하는 것도 일이란 말이야. 하지만 요즈음 들어 정리가 귀찮아져서 하지 않다 보니 기억 되살리는 것이 더뎠지만 이제 설명할 수 있겠군.

"그래서 결론이 뭔가요?"

—말 그대로 에리오르슈 가문은 망했네. 한 2년 전쯤의 일이지. 제국과 마도국. 그 어느 편에도 속하지 않고 고고하게 지내다가, 제국의 묵인 하에 마도국이 에리오르슈 가문을 습격했지.

제이크가 비통한 듯 한숨을 내쉰다.

"그렇다. 에리오르슈 가문은 비겁자들의 농간에 놀아났다.

가주님이 돌아가시고, 그 외동딸인 에리카님께선 마도국의 손아귀에 잡혀가 행방이 묘연한 상태이다. 그래서 우리는 에리카님을 구하러 가야만 하는 것이다!"

그렇게 말하더니, 제이크는 다짜고짜 경식의 손을 붙잡았다.

"에리카님께선, 에리카님 자신의 위치를 알 수 있는 사람은 너뿐이라고 하셨다. 너는 알 수 있다고 말이다!"

"아니, 누구 맘대로! 난 모르는데!"

지금 이곳에 온 것은 며칠 되지도 않았다. 어떻게 온지도 모르는데, 이곳으로 자신을 부른 사람을 어떻게 안다는 것인가?

그 말에 제이크는 고개를 갸웃했다.

"이상하군. 에리카님께선 너에게 자신의 위치를 알려 준다고 하셨거늘."

"아닙니다. 그럴 리가 없잖아요?"

"그럴 리가…… 근성으로. 근성으로……."

제이크가 근성이 어쩌고 하며 중얼거리고 있었고, 그를 제외한 모두가 그런 제이크를 멍청이 본다는 듯 보고 있을 때였다.

갑자기 머리가 띵해 왔다.

"어. 저 많이 자지 않았나요?"

—내가 왕년에 북쪽 끝 설원 산에서 참으려야 참을 수 없는 죽음의 잠을 자고 입이 돌아갔을 때보다도 자네는 많이 잤었어. 그런데 또 졸리다고? 이 상황에?

왕년 노인의 왕년 타령은 계속되고 있었다.

확실히 경식이 그때 이후로 하루 종일 잔 것은 맞는 말이긴 했다.

"그런데 왜 졸리지? 진짜 눈만 감아버리면 잘 것 같은데?"

그 말에 번뜩이는 게 있었는지, 구미호가 경식에게 속삭였다.

[그거 혹시 신호 아니야?]

"신호?"

[괜찮다면 한 번 잠을 자보는 것도 좋아. 영감이 발달되면 누군가의 목소리가 들리기도 하고, 예지력도 생기고 막 그래.]

그 말에 경식이 놀랐다.

"내가 지금 예지를 하는 거라고?"

[아니 그건 아닐 거야. 하지만 그 비슷한 무언가는 되겠지. 한 번 잠을 자봐.]

"아니 이런 상황에서 잠이 올 리가 없크허어어엉. 드러러러 러렁."

—겁내 잘 자는구려?

[애 버릇인가 봐. 그나저나 확 현신해서 코 막아버리고 싶다. 겁내 시끄럽네.]

그리고 금세 코를 골며 잠을 청하기 시작했다.

* * *

그리고 아니나 다를까.

또다시 같은 풍경이 나오며, 한 소녀가 모습을 드러냈다.

하얀 머리카락. 그리고 은빛 눈동자를 가진 이국적으로 생긴 그 소녀였다.

소녀는 아주 조심스럽게 경식을 바라보고 있었다.

경식은 그런 소녀를 한동안 멍하니 바라보기만 했다.

둘의 눈이 마주치고, 꽤나 오랜 시간이 흘렀다. 그동안 두 남녀는 아무 말도 없었다.

먼저 이야기를 꺼낸 것은 경식이었다.

뭔가, 집히는 구석이 있었다.

"에……에리카 상?"

"상은 뭣이냐?"

"아니 그냥 해봤어. 계속 얘기해 봐."

어쨌든 소녀가 빙긋 웃었다.

"훗. 역시 제이크가 도착한 모양이구나!"

역시. 소녀는 에리카였다.

"그럼 내가 곰탱이처럼 계속 쳐 잤던 것도?"

"내가 너를 부르기 위해 졸리게 한 것이니라."

소녀. 에리카가 빙긋 웃으며 그리 말했다.

"그게 가능해?"

"가능하지 그럼. 너와 나는 같은 운명을 타고 났으니 말이다."

"그 같은 운명이란 게 도대체 뭐야?"

에리카는 싱긋 웃었다.

"다행이군. 드디어 내 말을 들을 준비가 되었다니 말이다."

"그렇다기보다는 들을 수밖에 없는 상황인 것 같은데?"

"후후. 미안하게 생각하진 않는다."

그리 말하며, 에리카는 자신의 처지를 설명하기 시작했다.

"나는 지금 가문이 망하고, 갇혀 있는 몸이니라."

이 세상의 강함의 종류는 크게 4가지로 나뉜다.

자연의 법칙을 거스르는 마법.

자연 자체와 하나가 되는 정령술.

자기 자신이 가지고 있는 생명의 기운을 단련하여 강력한 파괴력을 내는 마나 수련법.

반대로 전지적인 존재인 신에게 힘을 빌려 사용하는 신성력.

많은 부류가 있지만, 모두 이 네 가지 힘의 굴레에서 벗어나지 못한다.

이곳 사람들은 이것을 4대 힘의 구도라고 말을 하며, 이 힘의 구도 안에서 모든 강자들이 태어나고 스러지기를 반복한다.

하지만 이 네 가지의 힘을 사용하지 않고도 최고의 강함을 이룩하던 가문이 있었다.

에리오르슈 가문.

그들은 독자적인 힘을 사용해 왔다. 아니, 모든 힘을 다루는 듯하면서도 왠지 모르게 어딘가 어긋나 있다고 보는 것이 맞으리라.

그들은 보이지 않는 것을 다루었다.

바로 령이었다.

령. 그것은 사람도 될 수 있고, 동물도 될 수 있다. 속성 자체도 될 수 있고, 신 역시 령의 일종이라는 것이 에르오르슈 가문의 철학이었다.

그들은 령을 다뤘다. 강력한 령을 자신의 휘하에 두어 싸우게 하기도 하고, 자기 자신이 그 령과 하나가 되어 더욱 큰 힘을 발휘하기도 했다.

자신의 흐르는 피에 령의 힘을 사용하여 무투술에 시너지 효과를 누리기도 했다.

마치 마법사가 마법을 쓰듯, 무투가가 자신의 몸에 있는 마나를 다루듯 령을 다뤘다.

때로는 정령술사처럼 정령을, 그리고 신관처럼 신을 현신시켜 다룰 수도 있었다.

에리오르슈 가문의 공부는 만능에 가까웠다.

그리고 그 힘들을 조합하여 더욱 강력한 힘으로 승화시킬 수도 있었다.

이 세상을 이루고 있는 모든 것에는 령이 존재하고 있었기 때문이다.

에리오르슈 가문은 항상 대륙의 10대 강자 중 최강자를 배출해 왔었다. 권력구도에도 항상 상위에 랭크되어 있었다.

가문의 힘이 웬만한 나라의 힘보다 강력했다.

그래. 강해도 너무 강했다.

그리고 결국 그 강함은, 서로를 앙숙처럼 여기고 싸워 온 제국과 마도국이 처음으로 담합하게끔 만들었다.

아무리 개인의 힘이 강해도, 나라. 그것도 제국의 총력에는 못 미쳤다.

거대한 한 손이 수많은 손을 모두 상대할 수 있을 것 같지만, 그 손의 숫자가 수 천, 수 만 개라면 이야기가 달라진다.

에리오르슈 가문은 마도국의 총공격에 의해 몰락하고 만다.

물론, 제국은 입을 꾹 다물었다. 마도국을 공격하지도, 명분 없이 에리오르슈 가문을 공격한 마도국을 욕하지도 않았다.

자신의 나라에 속해 있는 가문이지만, 손을 내밀 때에 힘을 빌려 주지 않고 고고하게 중립을 지키던 에리오르슈 가문이 제국의 황제는 못마땅했던 것이다.

결국 에리오르슈 가문의 가주이자, 현 대륙의 최강자였던 에리오르슈 라무는 죽음에 이르렀고, 그의 무남독녀였던 에리오르슈 에리카는 마도국의 어딘가에 '보관'되어 있다는 것이었다.

거기까지 들은 경식이 머리를 긁적였다.

"보관이라고?"

에리카는 고개를 끄덕이며 한숨을 내쉬었다.

"그래, 보관. 마치 자신들의 컬렉션인 것처럼, 나를 산채로 보관을 해놓았느니라."

"그게 어디인데?"

"……나조차도 알 수 없느니라."

하긴, 어디로 끌려왔는지를 알면 제이크라는 남자 성격에 일단 쳐들어가고 보았으리라.

어디에 있는지 모르니 자신을 찾아왔겠지.

에리카가 울상을 지었다.

"나, 나를 꺼내 줄 수 있는 건 너밖에 없다! 나는 물이 가득한 수조에 호흡기만 부착된 채. 부착된 채……."

에리카의 얼굴이 붉어졌다.

"전라로 갇혀서 장식품처럼 되어 있단 말이다!"

"저, 전라로오?"

사람인 이상 그 말을 들으면 그러면 안 되는 걸 알면서도 상상하게 된다.

길고 흰 머리카락을 늘어뜨린 채 전라로…… 전라로…….

허공을 바라보며 입을 쩍 벌리고 있는 경식에게 에리카가 다가와 뒤통수를 후려쳤다.

빡!

"상상하지 마!"

"끙! 아직 상상 초반이라 수위를 간신히 맞출 수 있었어!"

"무슨 소리 하는 게야!"

정신을 차린 경식이 다시금 진지한 얼굴로 말했다.

"그런데, 내가 너의 소울메이트라는 말은 도대체 무슨 말이야?"

소울메이트.

경식이 알기로, 그런 단어는 너무나도 잘 맞는 연인들 끼리나 하는 케미 돋는 말이었다.

운명 공동체. 즉, 소울메이트란, 운명을 같이해도 좋을 만큼 잘 맞는 사람이라는 뜻이 강했다.

대한민국에선 그러했다.

하지만 에리카가 말하는 소울메이트라는 건 그런 게 아닌 것 같았다.

"말 그대로 소울메이트. 나와 너는 운명 공동체이니라."

"그 말은 많이 들었는데, 정확히 무슨 사이기에 잘 지내고 있던 나를 네가 불러들였냐는 거야. 무슨 능력으로. 무슨 자격으로!"

마지막 말은 거의 화내듯이 말해버렸다. 화가 안 나려야 안 날 수가 없었다.

잘 있던 자신을 끌어들인 건 백 번 생각해도 에리카가 잘못한 일이니까.

또한, 어떻게 불러들일 수 있었는지도 궁금하다.

그런 큰 능력이 있으면 주변에 사용해서 탈출하지, 왜 엄한 사람을 불러들이는 데에 쓰느냐는 것이다.

경식의 말에, 에리카는 곤혹스러운 표정을 지었다. 마치 어디서부터 설명을 해야 할지 모르겠다는 표정이다.

"잘 들어. 너와 나는……"

설명이 이어지기 시작했다.

Chapter 6

소울메이트

"너와 나는 운명 공동체. 즉, 소울메이트이니라."

"아니 그러니까 그건 설명했잖아?"

"이제 자세히 설명을 할 테니까 잘 들으라고 또 한 말이었다."

에리카는 한숨을 내쉰 후 다시금 입을 열었다.

"너의 세계와 이곳 세계는 다르다는 걸 알 게야."

그렇다. 경식이 살던 대한민국이 있던 지구와 이곳은 전혀 다른 세상이었다.

달도 두 개고, 이상한 괴물들도 존재했다. 뭔가 좀, 현실이라기보다는 SF가 많이 반영된 그런 세계인 것 같다.

"너희세계에는 혹시 평행이론이라는 말이 있느냐?"

'평행이론?'

물론 학교 수업 시간에 배운 단어 같은 건 아니지만, 어디에선가 들은 말이었다.

평행이론.

자세히는 모르지만, 다른 시대일 수도 있고 같은 시대일 수도 있는데, 자신과 비슷한 운명을 타고 나는 사람이 있다는 이야기였다.

평행이론을 예로 들자면, 미국의 대통령인 아브라함 링컨과 존 케네디가 대표적인 예이다.

100년을 텀으로 두고 비슷한 시기에 대통령에 당선되고, 비슷한 시기에 똑같이 저격을 당했다.

똑같이 후두부에 총을 맞고 사망한 것이다.

그리고 그 뒤를 이은 다음 대통령의 이름역시 똑같은 '존슨'이었다.

우연이라기엔 서로의 운명이 너무도 절묘하게 맞아떨어지는 경우.

이것이 평행이론이라고 했다.

그리고 에리카가 설명하는 평행이론이라는 것은 경식이 익히 알고 있는 평행이론과 비슷한 점이 많았다.

경식이 얼떨떨한 표정으로 자기 자신을 가리켰다.

"그럼 너와 내가?"

"다행히 이해했나 보네. 하긴, 평행으로 이어져 있는 만큼 '평행세계'라는 단어가 거기서도 퍼져 있었겠지."

납득한다는 표정을 지으며 에리카가 빙긋 웃었다.

"그래, 나와 너는 같은 운명을 타고난 존재이니라."

경식은 에리카를 찬찬히 살펴봤다.

분명 에리카와 경식의 생김새는 비슷한 구석이 많았다. 자기 자신의 입으로 말하긴 뭣하지만 경식은 꽤나 예쁘장하게 생긴 외모를 가지고 있었고, 머리카락 역시 보기 드문 진짜 생머리였다.

에리카 역시 예쁘장하게 생겼다. 아니, 아름답다 말하기에 전혀 손색이 없었다.

이국적인 아우라가 풍겼지만, 눈 코 입을 따지고 보면 경식과 쌍둥이가 아닌가 싶을 정도로 비슷했다.

"그런데 그러면 머리카락이나 눈동자도 같아야 하는 것 아닌가?"

"성별부터 차이가 나는데 그런 것까지 바라는 것은 이상하지 않느냐? 아무리 운명이 같다고 해서 생김새까지 비슷하진 않으니, 오히려 약간이라도 비슷한 우리가 이례적인 것인 게지."

사실 에리카 역시 경식을 보고는 적잖이 놀랐었다. 같은 운명을 타고났다 해서 비슷하게 생기리란 법이 없는데, 생김새까지 비슷한 것이다.

"게다가 대조해 보면 비슷하진 않지만, 상반되는 부분은 꽤나 많구나."

경식의 머리카락은 검은색이다. 에리카의 머리카락은 흰색이다.

경식의 눈동자는 검은색이다. 한국인의 눈동자가 검다고들 하는데 사실은 갈색인 반면, 경식은 정말 칠흑 같은 검은색이었다.

어릴 적에 놀림을 곧잘 받곤 했던 그런 눈동자.

그 눈동자인 반면, 에리카의 눈동자는 흰색에 한없이 가까운 은색이었다.

비슷하진 않지만, 거의 모든 게 상반되어 있었다.

그래, 경식도 여기까지는 이해가 되었다.

"그런데 그것과, 내가 이곳으로 온 것은 무슨 상관이 있는 거야?"

경식의 연속되는 질문에 에리카가 빙긋 웃으며 말했다.

"이렇게 많이 물어봐 주니 얼마나 좋으냐!"

"마치 예전엔 들으려고 안 했다는 것처럼 말하는데?"

그 말에, 에리카가 어이없다는 듯 말한다.

"내가 너에게 오면, 너는 일부러 잠에서 깨어나거나, 내 목을 조르려 하거나 해서 나의 설명을 듣지 않았었잖느냐!"

"헐."

경식은 어이가 없었다.

에리카와의 첫 만남은 에리카가 경식의 목을 조른 것으로 시작되었다.

그 후에는 무턱대고 나에게로 오라고 말해서 짜증이 나 목을 조르려 했고,

그 이후에는 목을 조르려는 시도만 해도 그녀가 도망치곤 했다.

"설명해 주려고 한 적이나 있었나? 제이크도 이러더니, 이곳 사람들은 모두 그런 거야?"

본론이 있으려면 서론이 있어야 한다. 하지만 그녀는 서론은 집어치우고 본론. 아니, 결론만 말하는 화법을 즐겨 구사하는 듯했다.

그 말에 에리카는 헛기침을 했다.

"크흠흠. 아무튼 다 설명해 주지. 너는 알아야 할 필요가 있으니까 말이다."

그렇게 말하는 에리카의 표정이 급격히 어두워진다.

"너는 내가 처해진 상황을 알 것이다."

"당연하지. 말을 해 줬으니까."

"그래, 나는 어디엔가 처박혀서 컬렉션처럼 비치되어 있는

상황이다. 가끔씩 누군가가 와서 내 몸에 이상한 실험 같은 것을 하는 게 느껴지지만, 나의 영혼은 이미 육체를 반쯤 떠난 상태이지."

에리카는 부유한 집안에서 부모의 사랑을 받으며 태어났다.

그의 아버지인 에리오르슈 라무는 딸인 그녀를 너무나도 사랑했고, 그녀 역시 가문의 대를 잇기 위해 갖은 노력을 하며 성장해 갔다.

모두가 행복했다.

하지만 마도국에서 에리오르슈 가문을 습격했고, 제국은 그것을 도와주지 않았다.

한 개인이 아무리 강해도 한 나라에 대적할 순 없는 노릇. 모두가 죽었고, 뿔뿔이 흩어졌다.

그리고 에리카는 어딘지도 모르는 곳에 잡혀서 이러고 있는 것이다.

"거기까진 들었……."

"더 들어봐."

에리카는 이상한 용액 속에 들어간 상태로 이상한 실험을 당하거나 하며 삶의 의욕을 꺼뜨리고 있었다.

부유한 집안에서 행복하게 태어난 에리카가 실험용 쥐 꼴이 되었으니, 그 정신적인 타격은 엄청났다.

다시 말하자면, 그 한은 하늘을 찌를 듯이 거대했다는 것이다.

그리고 그녀의 가문이 그녀에게 전수한 공부의 특성상, 그녀는 이 엄청난 원한을 이용할 수 있는 사람이었다.

"그래서 너를 부르게 된 게지."

평행이론. 같은 운명을 타고 난 다른 세계의 또 다른 나.

에리카에게 그런 존재는 다름 아닌 경식이었던 것이다.

그래서, 그녀는 경식을 불렀다.

자신의 엄청난 한을 이용하여 차원의 문을 연 것이다.

"차원의 문은 열 수 있었지만, 아무나 데려올 정도로 힘이 강하진 않았다. 같은 운명을 가진 운명공동체이기 때문에 너를 부를 수 있었던 게야."

"……."

경식은 대략 정신이 멍해지는 것을 느꼈다.

"그러니까 지금, 까짓것 네 한 풀자고 행복하게 살고 있는 나를 데려온 거라고 말하는 거냐?"

어이가 없었다. 생각을 할수록 열이 받았다.

하지만 다음으로 이어지는 그녀의 말을 듣고 경식은 화를 내기가 애매해졌다.

"내가 너를 부르지 않았으면, 너도 죽었을 터!"

"……?"

이게 무슨 개소리인가 싶은 순간, 그 역시 깨달았다.

운명공동체라는 것은, 운명의 흐름이 엇비슷하다는 이야기였다.

그녀가 습격을 당해서 혼수상태에 빠진 것처럼, 그 역시 혼수상태에 빠지거나 습격을 당해 죽을 수도 있다는 이야기였다.

'아니 도대체 왜?'

경식이 살던 곳은 치안이 좋기로 유명한 나라인 대한민국이다. 물론 범죄 같은 것이 일어날 수는 있지만, 그렇다고 해서 자신이 연고도 없이 납치를 당하거나 혼수상태에 빠질 거라는 생각은 들지 않았다.

하지만 그러기엔 평행이론의 방식에 맞지 않는 것이다.

'혹시, 접신을 당할 때 뭔가 잘못돼서 혼수상태가……?'

그렇게 생각하는데, 문득 내림굿을 받을 당시, 경식이 구미호를 받아들이지 못하자 할아버지가 했던 말이 떠올랐다.

"계속 이러다간 영혼이 없는 '실혼인'이 될 가능성이 높다."

실혼인.

그렇다. 그 역시 혼수상태에 빠질 뻔했었던 것이다.

어차피 실혼인이 되었을 거라면, 이곳으로 오는 것이 더 낫지 않았나 하는 생각이 새롭게 든다.

자신의 말을 이해한 것처럼 보이자, 에리카가 한숨을 내쉬며 말했다.

"난 내가 구함 받고자 너를 소환했다. 하지만 너 역시 나 때문에 구함을 받았을 게다. 그러니 난 솔직히 그리 많이 미안하진 않느니라."

"흐음."

물론 일어나지 않은 앞날이니, 경식이 실혼인이 되었을지, 구미호를 완전히 받아들였을지는 알 수 없지만, 우선 경식은 납득하기로 했다.

에리카가 빙긋 웃으며 말했다.

"이제 네가 해야 할 일을 알겠느냐?"

"아니. 그건 모르겠는데?"

"나를 구해야지, 멍청아!"

에리카는 지금 어딘가에서 식물인간처럼 잠들어 있었다. 이대로 가다간 죽는다.

같은 세계로 와버려서 그 운명이 어떻게 변할지는 모르지만, 기본적인 룰은 그렇다.

그녀의 운명은 곧 그의 운명이 된다.

그녀가 죽으면, 그도 죽는다.

그녀가 원래의 자리를 되찾으면?

그 역시 원래의 자리로 돌아가게 되어 있다는 말이었다.

"심지어 드래곤조차 이렇게 할 수 없지만, 령을 다루는 우리 가문의 특성상 그것이 가능했고, 성공했느니라."

에리카는 힘주어 말했다.

"우리는 지금 정해진 운명에 거세게 저항하고 있는 게다."

"……."

그렇다. 에리카 본인에게야 어찌 되었건, 그녀와 그녀의 가문이 몰락한 것은 세계가 정해놓은 운명일지도 몰랐다.

그런데 그것을 거슬렀다.

다른 세계에 있는, 똑같은 운명의 굴레에 속해 있는 경식을 이곳으로 불러들임으로써 에리카가 살아날 수 있는 일말의 가망성을 제시했다.

경식이 어떻게 하느냐에 따라서 에리카는 살 수도 있고, 에리카가 살아난다면 경식 역시 원래의 자리로 돌아갈 수도 있을 것이다.

경식이 모두 이해를 하고 묵묵히 고개를 끄덕였다.

"하나만 묻지. 대답 여하에 따라서, 난 널 구할 수도 있고 아닐 수도 있어."

"……이야기해 보거라."

경식은 한숨을 푹 내쉰 후 입을 열었다.

표정은 그야말로 '제발 내가 원하는 대답을 해 줘'라고 말하는 듯했다.

"너를 구하면, 나는 정말 집에 갈 수 있는 거냐?"

그 말에,

에리카는 고개를 끄덕였다.

따사로운 미소를 지으면서 말이다.

"그래. 내가 기필코. 너를 원래 있던 세계로 돌려보내 주겠다."

경식은 그 말에 안도했다.

"그럼 이제 내가 뭘 하면 되지?"

둘의 눈빛이 더없이 진지해졌다.

*　　　*　　　*

"후우."

경식은 눈을 뜨고 자리에서 일어났다. 모두가 자고 있는 그를 주시하고 있었던 모양이다.

[훗! 어때? 역시 단순한 잠이 아니었지?]

"으으으응. 그래, 네가 맞다."

경식이 단순한 꿈이 아니라는 듯 심각한 표정을 짓자, 그럴 줄 알았다는 듯 노인이 거들었다.

―헐헐헐. 나도 왕년에 그런 꿈을 꾼 적이 있단다. 신의 계시를 받았을 대였는데, 내가 막 깨어났을 때와 똑같은 표정을 짓고 있군! 그때 내가 그 계시를 받고 올라가…….

"아, 그만 좀 해요! 할아버지가 왕년에 누구였든 알 게 뭐예요!"

―커흡. 그, 그런 심한 말을…….

[넌 좀 심했어. 그런 말 들어도 싸다구.]

왠지 말에 뼈가 있었다. 그런 말 계속 하다간 싸다구 때리겠다고 말하는 듯했다.

왕년 노인의 말은 제쳐두고, 경식은 일어나자마자 제이크를 바라봤다.

제이크는 경식을 바라보며 황소 같은 눈을 초롱초롱 빛내고 있었다.

으음, 저렇게 큰 사람이 저런 눈을 하고 있으니 뭔가 이상하다.

"일단, 당신의 주인이라는 에리카를 꿈에서 만났습니다."

"역시! 그래서! 어떻게 되었나!"

"저와 운명 공동체가 맞더군요."

"호오! 역시!"

"그리고 자기 자신은 자신의 위치를 모르지만, 내가 에리카의 위치를 탐색할 수 있으니 에리카의 기운을 따라 여행하다 보면 개를 찾을 수 있을 것 같습니다."

"역시! 주군께서 너에게 가라고 한 것은 신의 한 수였군!"

"그런데 자신을 가둬둔 사람들은 마도국의 중추세력임이 분명하니, 이곳에 지금 오는 것은 자살행위라고 하네요. 강해진 후에 오라고 말하더군요."

"강해진 후에? 그건 또 무슨 말인가?"

"제가 강해진 후예요."

그리 말하며 경식은 에리카가 한 말을 떠올려다보았다.

그것은 에리카의 가문에서 내려오는 사령의 보옥이라는 구슬에 대한 이야기였다.

"우리 에리오르슈 가문에는 괜찮은 가보들이 몇 있네.
그중 가장 값진 물건이 바로 사령의 보옥이지."

사령의 보옥이란, 사용하는 사람의 영감을 극대화 시켜주고 강인한 영력을 갖게 해 주어 지치지 않게 해 주는 기능이 있다.

하지만 가장 큰 기능은, 거대한 영혼들을 감옥처럼 가둬두는 기능이었다.

'뭔가 여우 구슬과 비슷한 기능이 있네.'

중요한 것은, 보옥에 가둬 두었던 신급 령들이 전 대륙에 뿔뿔이 흩어졌다는 이야기였다.

그리고 그곳에서 흩어진 령들은 9마리 정도.

그 령들을 경식이 취함으로써, 경식은 더욱 강해질 수 있다고 에리카는 말했다. 그러는 중에 제이크에게도 체술 같은 것을 배워 두면 좋다고도 말했다.

경식이 강해질 수 있는 가능성은 활짝 열려 있는 것이다.

거기까지 설명한 경식이 모두를 보며 말했다.

"아마 제 생각엔 여우 구슬이 그 보옥 역할을 할 수 있을지도 모르겠어요."

그 말에 구미호가 야릇하게 웃었다.

[후후후. 그럼 내가 여우 구슬을 거두면 네가 곤란해지는 거야?]

"그, 그럴 거야?"

[흐음~ 모르겠네? 사실 나는 이 세상도 꽤 괜찮다고 생각하고 있거든. 네가 죽지만 않는다면 도와주지 않아도 된다는 게 내 생각?]

사실 구미호 입장에선 그렇게 생각할 수도 있을 것 같았다.

다른 세계에 오면서 무언가가 뒤틀어져, 구미호는 깨어났다. 조금이긴 하지만 자유롭게 움직일 수도 있게 되었다.

모르긴 몰라도 다시 원래의 세계로 돌아가면 그 모든 특권이 없어질지도 몰랐다.

경식을 굳이 도와주고 싶지 않을 것이다.

"음, 그, 그래도 도와줄 거지?"

구미호의 웃음이 점점 더 야릇해졌다.

[글쎄에? 어떻게 할까아? 꼬맹아. 이 누나가 어떻게 해 줬으면 좋겠어어어?]

질 안 좋은 장난을 하는 듯한 말투.

하지만 이것이 장난이 아닌, 반쯤은 진담일 것이기 때문에 문제가 되는 것이다.

경식은 덜컥 겁이 났다.

"하, 하지만 내가 죽으면 너도 죽는 거잖아!"

[이거 왜이러시죠? 그럴 수도 있지만 아닐 수도 있는 것 아닌가요?]

"가, 갑자기 정색하다니."

어쨌든 맞는 말이긴 했다.

"굳이 안 죽을 수도 있다는 것에 판돈을 걸 필요가 있을까?"

[없지! 하지만 위험한 여행은 여행자의 목숨을 담보로 하잖아?]

여행을 하지 않는 게 목숨이 위험하지 않는 길이니, 여행을 하지 못하도록 여우 구슬을 빼앗는 방법도 있다는 이야기였다.

경식이 좌절했다.

"노, 논리적으로 완벽해서 반박할 말이 없다!"

[꺄호호홋.]

구미호는 경식을 바라보며 빙긋 웃더니, 그런 경식을 꼬리로 쓰다듬어 주었다.

여우 불의 따스한 기운이 경식을 훑는다.

어느새 구미호는 하나의 꼬리가 생겨난 것이다.

이번에 오크의 영혼을 빨아들인 후로 꼬리 하나가 생겨났다.

더 많은 영혼들을 여우 구슬로 빨아들인다면, 언젠가 그녀의 꼬리가 9개가 될지도 몰랐다.

꼬리가 9개라면?

그래서 힘이 돌아온다면?

그녀는 다시금 본체로 현신할 수 있을지도 모르는 일이었다.

구미호에게도 이 여행은 기회인 것이다.

'이런 기회를 놓칠 수야 없지. 호호호호.'

구미호는 속으로 그런 생각을 하며, 곤란해하는 경식의 모습을 즐겼다.

저 꼬맹이.

생각보다 귀여운 구석이 많았다.

[그러니까 앞으로 이 누나한테 잘 해, 알았지~ 꼬맹아?]

그 말에 경식이 무릎이라도 꿇겠다는 표정이 되어 말했다.

"추, 충성을 다 하겠습니다요. 젠장."

[꺄호호호호홋.]

둘이 그러고 있는 모습을 보고 있던 왕년 노인이 피식 웃음을 머금었다.

—하이구 왕년 생각나는구먼. 떠나기 전의 나는 애송이 티 겨우 벗은 용병이었지만, 여행이 끝난 후에는 모두가 나를 영웅이라 부르며 칭송했지. 그때 내가 얼마나 아름다운 미녀랑 결혼했는지 모를 거야.

"안 물어봄."

[안 궁금함.]

"합쳐서 안물안궁."

—……

구미호가 피식 웃었다.

[그런데 노인네 진짜 따라오려구?]

"제이크 씨가 있는데 굳이 필요한가 싶기는 하네, 진짜."

그 말에 노인의 얼굴이 대번 굳어버렸다.

—어허, 구 선생! 내가 없으면 누가 길 안내를 한다는 것이오? 경식 자네! 나만큼 이곳을 잘 아는 사람도 드물 걸세!

"저기 저 제이크 씨가 더 잘 알 것 같은 생각도 드는데요?"

─이보시게, 젊은이. 노인은 공경하는 것이야. 노인공격은 자제해 줘!

뭔가 이렇게 여행의 목표가 정해진 듯했다.

강해지기 위해 여행을 한다.

그리고 그러는 가운데에, 에리카가 있는 곳을 찾아 떠난다.

구출한다.

그렇게 되면 집에 갈 수 있다.

모든 것이 명확해졌고, 그렇게 잘 일단락되는 것으로 보였다.

하지만 그때.

모든 상황을 들은 제이크가 코웃음을 치며 벌떡 일어나 경식의 멱살을 잡았다.

꽈아아악.

한 손에 간단하게 들린 경식이 답답한 신음을 토해 냈다.

"왜, 왜 이러세요!?"

"네가 주군이 계신 곳으로 안내를 해 줄 수 있는 것이지. 그렇다면 나에게 안내만 해 주면 된다. 그곳이 어디든, 나는 기필코 주군을 구출해낼 것이다. 그런 능력이 있다! 그러니 네 녀석이 전력이 될 때까지 기다릴 필요가 없는 것이다!"

"컥! 컥컥!"

"여기서 확실히 해 두겠다. 넌 주군을 탐지할 능력 그 이상, 그 이하도 필요 없다. 그러니 그 일만 충실히 한다. 알겠나?"

"그, 그건……."

"싫다면, 여기서 널 죽일 수도 있다. 어차피 맘껏 쓰지 못할 바에야 내가 알아서 찾는 게 더 빠르다!"

경식의 멱살을 잡은 제이크가 이번엔 반대 손으로 그의 목을 쥐었다.

꽈아악!

숨이 막혔다.

옆에서 보고 있던 구미호가 눈을 부릅뜨며 경식에게 속삭였다.

[야! 있는 힘 됐다 어디에 쓰게?]

"……!"

급박한 상황.

경식의 눈이 부릅떠지며 온몸이 회색으로 물들기 시작했다.

오크 신을 그의 몸에 강령시킨 것이다.

Chapter 7

시작된 여행

"······!"

구미호의 말에 경식은 자신의 몸 안에 있을 여우 구슬에 힘을 집중했다.

그러자 오크 신의 목소리가 들려 왔다.

[취익! 이 투사를 농락한 놈! 너의 몸! 천추의 한이 맺혀버린 나의 혼! 취익!]

'프, 플로우와 라임이 장난이 아닌데?'

오크 신은 지금 그에게 말을 걸어오고 있었다. 그런데 그 말투가 왠지 한국의 랩퍼들이 랩을 하는 듯, 억양이나 라임이 장난이 아니었다.

'이, 일단 나를 도와줘!'

[취익! 싫 소! 이것이 투사의 복 수! 취익!]

오크 신은 자신에게 힘을 빌려주려 하지 않았다. 하긴, 갇힌 듯이 이곳에 있는 게 마음에 들리는 없을 것이다.

이러고 있는 와중에도 그의 목은 계속 조여지고 있었다.

'으음 점점 의식이 희미해져. 마치 내 영혼이 빠져나가는 소리가 실시간으로 들리는 것 같다!'

[취익! 그것이 너의 절명! 그것은 나의 사명! 네 죽음을 바라는 단 한 명! 그게 나라명! 취익!]

'억지로 라임 맞추지 마!'

절체절명의 순간에도 이상한 라임은 오글거려서 시공간마저 오그라들 것만 같았다.

게다가 그런 말투를 감상할 시간이 없었다.

경식은 그래도 괜찮겠냐는 듯 타일렀다.

'내가 죽으면, 너는 도대체 어디로 갈 건데? 구천을 떠돌 생각이야?'

[취익! 동족을 다시 면접! 그중 하나가 나를 영접! 취익!]

'내가 그 오크들 다 죽였는데? 아니, 내가 죽였다기보다는 마지막 제사장 오크는 네가 폭주해서 죽였잖아? 나는 가위바위 보로 코피 조금 내고 강냉이만 털라고 그랬는데! 네가 완전 이종격투기 선수처럼 죽여 버렸잖아?'

[취익! 그, 그것은⋯⋯.]

'또 이상한 라임 쓰지 말고 빨리 나를 도와! 힘을 내 놔! 안보여? 난 지금 기절하기 일보 직전이라고!'

[취이이익!]

머릿속에서 나온 생각들의 교환이라 실지로 말하는 것보다 훨씬 빠른 속도로 이루어져서 망정이지, 자칫하면 목이 졸려서 죽을 뻔했다.

갑자기 그의 몸 안으로 힘이 들어왔다.

쫙. 쫘자자작!

그의 몸 주변이 반투명한 회색으로 뒤덮이기 시작했다.

그의 목을 조르고 있던 제이크의 눈썹이 꿈틀거렸다.

"으음! 소울 아머?"

쾅!

목째로 들려 있던 경식이 발을 차올려 제이크의 명치를 가격했다.

"커헉!"

명치를 얻어맞은 제이크는 눈을 부릅뜨며 뒤로 물러났다. 하지만 그러면서도 경식의 목을 놓지는 않았다.

경식이 입을 쩍 벌렸다.

와아악!

콰쾅!

"……!"

입에서 공기 충격파가 발산되어 제이크의 얼굴을 그대로 가격해 갔다.

제이크는 얼굴을 젖히며 뒤로 주춤주춤 물러났고, 손에서 풀려난 경식이 뒤로 멀찌감치 떨어진 후 제이크를 살폈다.

"공격적인 입 냄새다!"

"입 냄새가 아니라 충격파를 먹인 거다, 자식아!"

오크 신의 권능은 세 가지였다.

첫 번째 권능은, 피부를 강철처럼 단단하게 만드는 것.

두 번째는 보다시피 입에서 충격파를 발산하는 것이었다.

충격파를 발산함으로써 상대방이 두로 물러나게끔 되지만, 경식의 경우엔 그것을 한 데 모아 쏘아낼 수 있었다.

그렇게 쏘아낸 것을 입 냄새라 말하니 어이가 없었다.

"어디 한번 그 입 냄새 다시 맡아 봐라!"

와악!

경식의 입에서 무형의 충격파가 쏘아져 나왔다.

정신을 차린 제이크는 그것을 보며 오히려 웃었다.

절대 피하지 않았다.

막지도 않았다.

그저 몸으로 받아들인다?

쓰아아아!

"크하하하하핫!"

제이크는 충격파를 오롯이 맞고도 웃고 있었다. 오히려 그 충격파로 인해 목소리가 커지며 미친놈처럼 보였다.

덜덜덜.

"뭐, 뭐야? 아무렇지도 않잖아?"

오히려 제이크의 모습에 경식이 다 두려울 지경이었다.

한참을 웃던 제이크가 가슴을 탕탕 치며 말했다.

"두려움 따위는 근성으로 날린다!"

힘을 빌려주고 있던 오크 신도 당황하기는 마찬가지였다.

[취익! 나의 충격파! 화살이 되고파! 취익! 맞게 하고파! 그렇게 되면 모든 것이 두려워! 해야 할 터! 취익!]

얼마나 당황했으면 라임마저 어색했다.

이렇게 된 이상 육탄전이었다.

경식은 오크 신의 세 번째 권능을 사용하기로 했다.

그것은 바로 야성으로 범벅이 된 맨손 격투술이었다!

"크르르르!"

경식의 손바닥이 땅을 짚을 정도로 자세가 굽어졌다.

그의 눈동자는 어느새 회색빛을 띠고 있었다.

쩌적. 쩌저저적.

반투명하게 옅었던 막이 경식의 피부가 보이지 않을 정도로 선명해지며 겉 표면이 악어가죽처럼 일어났다.

그것을 본 제이크가 기쁘다는 듯 웃으며 맨손으로 자세를 잡았다.

"으음! 좋은 소울아머 활용법이다! 하지만 너무 투박하구나. 뭐! 길잡이가 자기 몸 지킬 수준은 되는 것 같아 좋긴 하지만 말이다!"

"누가 길잡이냐!"

경식이 야성에 물들어 앞으로 달려들며, 주먹을 휘둘렀다.

그리고 경식의 그런 손을 제이크는 주먹으로 맞받아쳤다.

경식의 강철주먹과 제이크의 큼지막한 주먹이 부딪쳤다.

쾅!

경식이 뒤로 쭉 밀려났다.

제이크는 그 자리에 우뚝 섰다.

물론 무사하지는 않았다. 제이크의 주먹은 멍이 든 것처럼 붉게 달아올라 있었다.

"호오, 불끈불끈하군!"

"끄으으!"

경식의 손은 멀쩡했다. 하지만 강력한 주먹과 부딪쳐서 손 전체가 얼얼했다.

[취익! 부디 안심! 이제부턴 나의 방식! 취익!]

경식은 몸이 저절로 움직이는 것을 느꼈다.

그것은 몸을 빼앗겼다고 말할 수도 있는 기분이 되었지만,

그 기운이 전혀 불손하지 않은 것이었다.

마치 도와주는 형식이랄까?

오크 신이 자신의 몸을 사용하여 눈앞의 제이크를 처리하려는 것 같았다.

스팟!

조금 전과는 다른 움직임에 제이크의 눈이 크게 치떠졌다. 그는 경식에게 주먹을 휘둘렀고, 경식은 피하지 않는 듯 보였으나, 두 팔로 제이크의 팔을 감더니 안으로 파고든 후 제이크와 같은 방향으로 허리를 굽혔다.

제이크의 눈에 보이는 하늘과 땅의 위치가 바뀌었다.

훌륭한 엎어치기다!

꽈앙!

흙먼지가 일며 시야가 뿌옇게 변했다.

제이크는 쓰러져 있고, 그 위에 경식이 벌떡 일어났다. 흙먼지가 낮게 깔려서 갈색 구름 위에서 머리를 쳐드는 이상한 광경이 연출되었다.

"크아아앗!"

제이크가 보이건 말건, 제이크 위에 올라탄 꼴이 된 경식은 다짜고짜 주먹을 휘둘렀다. 제이크의 모습은 보이지 않지만, 거대한 몸체가 어디 가는 건 아니니, 뻗는 대로 팍팍 소리가 나며 주먹이 꽂혔다.

쾅! 쾅쾅!

단단한 생고무에 강철 방망이가 부딪치는 듯한 느낌! 그렇게 10대 정도는 제이크의 몸에 주먹을 먹였다.

그것도 한 군데만 골라서 말이다.

"요놈. 요놈!"

쾅! 쾅쾅! 쾅!

때린 데를 또 때리면 아프다. 그걸 10번 반복하면 정말정말 아플 것이다.

그리고 열한 대째 주먹을 먹이려는 순간, 다 걷히지 않은 흙먼지 사이에서 거대한 손이 불쑥 튀어나왔다.

콱!

제이크의 손아귀가 다시금 경식의 목을 쥐었다. 목을 쥔 채 제이크가 일어서자, 경식의 눈높이가 갑자기 높아졌다.

한 2.5미터 정도?

제이크의 오른쪽 가슴이 주먹으로 한 10대쯤 맞은 듯 멍들어 있었다.

제이크는 유쾌하다는 듯 웃었다.

"크하하하! 이쯤은 근성으로 견딜 수 있다!"

"제, 젠장! 그놈의 근성!"

"네놈, 아무래도 정신을 잃게 할 필요가 있을 것 같구나! 어디 한 번 근성으로 버텨봐라!"

콰아아악.

제이크의 손아귀가 경식의 목을 사정없이 졸랐다. 아마 경식이 오크 신과 접신한 상태가 아니었다면 목뼈가 부러졌으리라.

'끄으으윽!'

정신이 점점 몽롱해져 왔다.

아아, 이대로 죽는 것인가?

그때. 옆에서 발을 동동 구르고 있던 구미호가, 뭔가를 깨달은 듯한 표정으로 밝게 말했다.

지금 상황과는 대조되는 밝고 고압적인 말투였다.

[어머, 얘 좀 봐? 이 덩어리 같은 자식아! 네가 지금 무슨 짓을 하고 있는지 알아!?]

"버릇없는 길잡이를 교육시키는 중이시다!"

[지금 너, 그 말에 책임질 수 있어? 나중에 네 주인님 얼굴을 어떻게 보려고 그러니?]

그 말에 제이크의 눈썹이 꿈틀거렸다.

그가 손을 놓자, 정신을 잃기 일보 직전이던 경식이 거친 숨을 토해 냈다.

"푸하아! 하아! 하아!"

경식이 뒤로 나가떨어지건 말건, 제이크는 무거운 눈으로 하늘에 떠 있는 구미호를 노려봤다. 그러면서 등 뒤에 메어져 있는 소울이터의 손잡이를 잡는다.

여차하면 베어 버리겠다는 의미였다.

"말을 잘해야 할 것이다. 내 주인의 얼굴을 못 보다니 무슨 말인가!"

구미호는 멍청한 사람을 본다는 듯 하며 입을 열었다.

[네 주인이 왜 그 여자이지? 그 가문의 가주는 이미 죽었잖아?]

그 말에 제이크의 얼굴이 침중하게 변했다.

"그분은 내 마음속에, 의리라는 이름으로 살아계신다!"

[그럼 살아계시는데 왜 그 딸을 주인이라고 하지? 주인이 둘일 수도 있어?]

"주인님은 돌아가셨고, 이제 가주가 바뀌었다. 그리고 난 가주님을 근성으로 섬긴다!"

뭔가 앞뒤가 안 맞는 말이었다.

하지만 그것을 따지고 들려고 이런 말을 한 게 아니었는지, 구미호의 입에는 오히려 웃음이 머금어졌다.

[너, 의리가 대단하구나?]

"그렇다. 남자는 으리! 그리고 근성으로 살아가는 동물이기 때문이다! 남들의 의리는 그저 의리이지만, 나의 의리는 그것을 뛰어넘기 때문에 으리라고 부른다!"

[그렇다면 더더욱 이러면 안 되지! 눈앞의 경식이가 어떤

사람인데!]

"음. 길잡이?"

[잘 생각해 봐. 모르겠어? 우리 경식이가 너에게 어떤 의미
여야 하는지?]

"⋯⋯?"

[멍청아! 잘 생각해 봐. 네 주인의 딸은 네 주인이지?]

"그렇다. 에리카님은 나의 주인이시지."

[그럼 에리카와 경식은 어떤 사이지?]

"당연히 소울메이⋯⋯?"

거기까지 생각한 제이크가 눈을 부릅뜨며 황급하게 경식
을 바라봤다.

경식은 괴로운 듯 기침을 토해내며 그런 제이크를 노려보
고 있었다.

제이크의 머릿속은 빠르게(평소보다는 빠르다는 뜻) 생각의
회전을 하고 있었다. 뭐, 그래 봤자 구미호가 가르쳐 준 상황
을 종합해 보는 것일 뿐이었지만 말이다.

경식은 길잡이이다.

하지만 주인님의 소울메이트다.

소울메이트는 주인님과 운명을 같이한다.

주인님의 운명은 경식의 운명이다.

고로 경식의 운명은 주인님의 운명이다.

그렇다면 경식은 주인님과 동급이다?

"오메!"

거기까지 생각한 제이크가 갑자기 무릎을 꿇었다. 그 기세가 어찌나 좋은지 눈을 부릅뜨며 깜짝 놀랄 정도였다.

"무례를 용서하십시오, 주인님!"

"캘룩. 캘룩! 뭐, 뭔데! 뭐냐고!"

경식은 얼떨떨했다. 물론 제이크가 왜 이러는 줄은 알겠다. 하지만 자신을 길잡이랍시고 끌고 가려던 제이크가 구미호의 몇 마디에 태도를 완전히 바꿔버리니 어이가 없었다.

쿵! 쾅!

이제는 시위라도 하듯 이마를 땅에 찧고 있었다.

마음 같아서는 '그런다고 땅이 부서지겠어? 멘틀을 너머 외핵을 깨부술 각오로 대가리를 박으란 말이야!'라고 쏘아붙이고 싶지만, 저러다간 정말 맨 땅이 부서질 것 같았기에 경식은 제이크를 저지했다.

"거 참 심경 변화가 LTE 급이네요."

"그, 그게 무슨 말이십니까?"

"그냥 그런 게 있어요. 에휴, 일어나요, 얼른!"

[허얼. 완전 원래 그랬던 것처럼 존댓말을 쓰고 있어.]

—칼 같은 태도변환에 베이것소.

"용서해 주신다니 감사합니다!"

하고 벌떡 일어나는 것이었다.

"흐음……."

거참.

"화를 낼 타이밍을 빼앗겼어."

[원래 저런 놈인 것 같아. 그래도 힘은 무식하게 센 것 같으니 도움은 많이 되겠는데?]

그 모습을 모두 바라보던 노인이 경식의 귓가에 속삭였다.

─이래도 내가 필요가 없어 보이나? 저 근육만 꽉 들어찬 바보 녀석이 길 안내를 잘 할 것 같아?

"……아, 앞으로 잘 부탁드립니다!"

─에잉, 실컷 무시하더니만! 헴헴. 암암. 그래야지.

경식의 진심이 묻어나는 말에 노인은 만족스러운 듯 빙긋하고 웃음을 지었다.

─아까도 말하려고 했었지만, 이곳에서 그리 떨어지지 않은 곳에 꽤나 큰 도시가 있네. 술과 연금술로 유명한 곳이지.

"그럼 그곳으로 가야겠네요. 걸어서 얼마나 걸리죠?"

─아마 쉬지 않고 열심히 걸어간다면 일주일쯤 걸릴걸세.

"오래 걸리네요?"

"이틀이면 추우우웅분 합니다!"

그때 갑자기 제이크가 벌떡 일어나며 크게 외쳤다. 외친 소리가 얼마나 쩌렁쩌렁한지 나무 위에서 한 무리의 새가 푸다

닥 하며 날아갈 정도였다.

"이틀이면 충분 하다뇨?"

경식의 말에 제이크가 가슴을 탕탕 치며 말했다.

"제가 이곳까지 어떻게 온 지 궁금하진 않으신지요!"

"구, 궁금하다면요!"

"보여드려야지요!"

제이크가 등 뒤에 있는 소울이터를 뽑아낸 후 번쩍 들어 올렸다.

"와라, 로열티!"

그러더니 검을 벼락처럼 허공에 내리쳤다.

화아아악!

검에서 희끄무레한 연기가 대량으로 뿜어져 나오더니 그것이 한 곳으로 뭉치며 말의 형상이 되었다.

프루루루.

초록빛의 눈을 빛내며, 희끄무레하고 반투명한 말이 제이크에게로 다가왔다. 충분히 제이크를 태울 수 있을 만큼 거대한 말이었다.

"저와 주인님의 유령마, 로열티(의리, 충성심) 인사드립니다!"

제이크는 그리 말하며 로열티라고 불린 유령마의 뒤통수를 붙잡고 경식에게 푹 숙여 보인다. 마치 인사라도 하라는 듯이 말이다.

푸르르릉!

유령마. 로열티는 족히 키가 3미터, 몸길이가 4미터는 되어 보임직 했다.

3미터의 거대한 말이 녹색 눈을 번뜩이며 경식을 물끄러미 바라봤다.

[야, 저 녀석 너한테 눈싸움 건다! 기세에서 밀리면 영원히 저 말을 탈 수 없어!]

"역시 그렇겠지?"

그 말에 경식은 유령마를 뚫어지게 바라봤다.

유령마는 눈동자 같은 게 없고, 그저 눈두덩에 녹색 빛이 뿜어져 나오는 것 같은 눈을 가지고 있었다.

그 눈을 뚫어져라 바라보자, 그 눈 속으로 빨려 들어가듯, 마치 말의 머릿속으로 직접 침투해 들어가는 듯한 이상한 느낌을 받았다.

프르릉, 취!

유령마가 갑자기 뒤로 돌아서더니 풀도 못 뜯는 주제에 풀을 뜯는 시늉을 한다.

그것을 본 제이크가 씨익 웃음을 머금었다.

"마음에 든 모양이군요. 역시 주인님이십니다!"

으음. 주인님이라는 말에 계속 적응이 되지를 않는다.

"아…… 그런가요?"

"그리고 말씀 낮추십시오. 자, 그럼 타실까요?"

제이크가 씩 웃으며 펄쩍 뛰어올라 덮치듯이 유령마, 로열티에 올라탔다.

그러고는 경식에게 손을 내밀었다.

"잡으시지요."

"전 말 같은 거 타 본 적이 없는데요?"

"보통 말과는 다릅니다. 어차피 이 녀석은 말의 영혼에 제가 흡수한 영혼의 군집을 육신으로 사용하는 녀석입죠!"

실지로 경식이 올라타자 경식의 무게에 맞게 로열티의 동그란 등의 살이 진흙처럼 움푹 들어가며 경식의 하체를 꼼꼼하게 감쌌다.

"오오, 뭔가 기분이 이상한데요?"

"꽉 붙잡으십시오. 속도가 빠릅니다. 게다가 숲이라서 많이 덜컹거릴 수도 있습니다."

"네. 꽉 붙잡겠습니다!"

경식의 오른 어깨에는 구미호가, 왼쪽 어깨에는 왕년 노인이 탑승(?)한 상태였다.

[영체인 상태지만 웬만한 속도는 따라갈 수 있을 거야.]

—영혼의 속도를 무시하지 말게나. 바람저항을 안 받는다는 것이 얼마나 편한 것인지 자네는 모를 걸세.

어찌 되었건 경식을 따라갈 수 있다는 말이었다.

"그럼, 출발합니다."

경식은 제이크의 허리를 꽉 잡았다.

제이크가 겸연쩍게 머리를 긁적이며 다시 한 번 말했다.

"조금 전엔 죄송했습니다. 좀 더 생각을 하고 움직였어야 했는데……."

경식은 괜찮다고 말을 하려다가, 곧 고개를 저었다.

"상당히 기분 나빴습니다!"

"죄, 죄송……."

"앞으로 쭉 지켜보지요. 제게 싸우는 법을 가르치시고, 밥도 제공을 하시고, 이것저것 다 제공해 주셔야 합니다. 그러면 제가 생각을 좀 해 보지요!"

"여부가 있겠습니까!"

우렁찬 대답에 경식은 안심했다. 완전히 자신의 편이 된 것이라는 확신이 들었기 때문이다.

히히히히힝!

유령마 로열티는 숲길임에도 불구하고 당당하게 앞으로 치달렸다. 속도는 자전거로 페달을 빠르게 밟으며 나아가는 정도였다.

"빨라도 참으셔야 합니다!"

'별로 안 빠른데?'

하긴. 현대인은 자동차로 시속 150킬로미터가 넘게 밟기도 한다. 차를 교통수단으로 자주 이용하다 보니 그리 빠르다는 생각이 들지는 않았다. 물론 바람이 그대로 오니 체감속도가 올라가긴 하지만, 그래 봤자 시속 70킬로 정도?

'그래도 걷는 것보다는 몇 배 더 빠르겠네.'

그런 생각을 하며 멍하니 스쳐 지나가는 풍경을 감상하고 있을 때였다.

찌릿!

"……!?"

경식은 제이크의 허리를 잡고 있던 손으로 자신의 머리를 감싸 쥐었다. 고통은 아닌데, 생전 처음 느껴보는 기이한 느낌이 머릿속을 헤집었다.

히히히힝!

제이크가 당장에 말을 세우고 경식을 보았다.

"왜 그러시는지요?"

"아…… 그…… 이상하네요. 뭔가가 느껴져요."

이상한 기분이었다. 마치 누군가가 자신을 부르는 것 같은 느낌이기도 했고, 자기 자신이 자석이 되어 철을 끌어당기는 듯한 느낌이 들기도 했다.

무언가가 그의 레이더에 잡혔다.

경식이 손을 들어 앞쪽을 가리켰다.

"지금 저쪽으로 가고 계신 거죠?"

"그렇습니다."

무언가가 느껴지는 쪽이었다.

"우선 계속 가시죠. 점점 가까워지고 있는 것 같습니다."

"그, 그러시죠."

제이크가 다시금 유령마 로열티를 몰고 앞으로 나아갔다.

경식은 로열티가 앞으로 나아갈수록 가까워지는 무언가를 느끼며 고개를 갸웃거릴 뿐이었다.

*　　*　　*

그의 눈은 사납게 빛났다.

그를 가두던 속박의 구슬이 깨지고 나서, 그는 자유가 되었다. 자유가 된 이후 줄곧 그는 공황상태에 빠진 채 세상을 부유했다.

그러면서 점점 기억이 되살아났다.

그가 누구인지. 어디서 태어났는지.

그리고 어떤 꼴을 당하면서 어떤 곳에 갇혀 있었는지도 말이다.

하지만 어디로 가야하는지는 알 수 없었다.

자신을 가둬두었던 복수의 대상은 이미 죽고 없었으며, 죽어간 대상이 이룩했던 가문 역시 사라지고 없었다.

허무하게 구천을 떠돌고만 있다.

어디로 갈지도 알지 못했다.

단지 정처 없이 자신의 고향으로 이동하고 있었을 뿐이다.

그의 고향.

바로 북쪽 숲이다.

헌데 점점 북쪽 숲에 가까워질수록 무언가를 느낄 수 있었다.

[느껴진다. 나의. 동지들이. 그. 원한이!]

그의 동지들의 기운이 있는 것은 반가운 일이었다. 헌데 그들이 아우성을 치며 괴로워하는 것까지 느껴졌다.

이상한 일이다.

그의 동지들은 강했고, 좀처럼 죽지 않는다.

몇 몇 개체들을 제외하면 천적이 없었다.

번영해야 옳았다.

그가 죽어서 봉인의 구슬에 갇히기 전에는 항상 그래 왔었다.

그들에겐 적수가 좀처럼 없었다. 드래곤이나 오우거라도 나타나지 않는 이상 이럴 일이 없을 텐데?

그는 당연하지만 그곳으로 길을 틀었다.

그리고 다가가서 본 광경.

그것은 그의 마음에 거대한 분노를 심어주기에 충분하고
도 남음이 있었다.

[크아아아아아!]

하지만 그는 할 수 있는 게 아무것도 없었다. 상대의 몸에
들어가려면 상대의 자아가 필요한데, 모든 동족들이 자아를
잃고 미쳐버렸다.

다른 종족과는 상성이 안 맞아서 들어갈 수가 없다. 그렇
게 약해진 영혼체도 없었다.

찾고 찾던 중에 몸에 들어갈 수 있는 개체를 찾았다.

아주 볼품없는 개체였고, 죽어 가고 있었다.

그나마 어느 정도 마기를 띠고 있어서 그 개체에게 몸을
실을 수 있었다.

그는 어떻게든 동포들을 구출해 내야 한다는 사명감으로
불타올랐다.

*　　　*　　　*

[아무래도 저곳인 것 같은데? 맞아?]

—호오! 오랜만에 보는군! 저곳은 연금술사 길드가 있는
오테들이라는 곳이라오. 꽤나 상권이 발달한 곳으로써 모험

가들이 모험 중에 한 번쯤 들르는 필수 코스이기도 하지!

[그 모험가라는 것들은 무슨 족속들이야? 왜 따사로운 집 놔두고 모험 같은 걸 해?]

—경식 군과 구 선생이 살던 세상이 어땠는지는 잘 모르겠지만, 이곳 평민들은 그리 따사로운 생활을 할 수가 없소. 잦은 제국과 마도국의 전쟁으로 인해 부모가 차출되어 전쟁고아가 되거나, 그마저도 소작농으로 먹고살다가 부모처럼 전장에 끌려가는 일이 허다하지. 그러다 보니 청소년 때부터 가출을 하는 게요. 어차피 전장에 끌려갈 바에야 가출을 하는 게지. 자신들이 검을 들면 모두 한 가닥 할 거라고 생각하는 골목대장들이 대부분 가출하는 아이들을 선동하오. 그리고 전장에서, 혹은 산적들에게, 아니면 몬스터들에게 죽어가지. 물론 실력이 있어 봤자 결과는 비슷하오. 산적이 되어서 약탈하다가 제국군에 의해 토벌당하거나, 용병이 되어 세상을 떠돌다가 이리저리 구르며 단명하지. 모험가들 역시 마찬가지요. 대부분의 모험가들은 용병 일을 하다가, 죽을 확률이 낮은 던전(고대 유물이 잠들어 있을지도 모르는 동굴)을 탐사하며, 일확천금이나 노려보자고 전향한 경우가 많소. 그런 이들을 보고 '풋내기 모험가'라고 하지.

[결국 다 돈 때문인 거네?]

—다른 목적이 있는 이들도 있겠지만 대부분은 그렇다오.

모험가라 해도 용병과 다를 바는 없지. 오히려 대부분의 모험가들은 용병보다 대접을 받지 못하오. 그냥 어중이떠중이들이 많거든. 클클. 그래도 개중에는 진짜 모험가들이 존재하지. 그들과 풋내기 모험가, 혹은 용병들을 구분하는 방법은 분명하오.

왕년 노인이 빙긋 웃으며 말했다.

—돈을 위해 움직이느냐. 아니면 스릴이나 자신의 가치관에 의해 죽을 자리도 서슴없이 들어갈 용기가 있느냐. 뭐, 물론 위험한 장소가 돈이 되는 경우가 상당히 많으니 이런 것도 의미가 없으려나? 헐헐헐헐!

그 말을 지루하게 듣고 있던 경식이 점점 가까워져 가는 마을의 입구를 보았다.

반지의 제왕이나 왕좌의 게임에서나 보았을 법한, 석벽으로 되어 있는 웅장한 성벽이 바로 보였다.

[우와 뭔가 신기하다. 경식아! 저런 거 본 적 있어?]

"응, 당연히 본 적 없지!"

왠지 들떠 있는 둘을 보며 왕년 노인이 피식 웃었다.

—흘흘. 신기한 모양이로군? 피하지 못하면 즐겨야지. 자네들이 이상한 세상에서 왔다는 것은 들었네만, 이 세상도 꽤나 살 만하다네. 그렇게 기대감을 갖고 앞으로도 이 세상에 임해 주길 바랄 뿐이야.

"조금 전까진 전장에 나간다 뭐다 겁내 겁줘놓고선 이제 와서 뭔 소리래요?"

―그, 그거야 마도국과의 국경 인근에 위치한 영지나 그런 게지, 이곳은 나름 평온하다네. 괜히 제국이겠나? 한 쪽이 힘들어도 이쪽은 그다지 피부로 와 닿지 않을 정도로 거대한 땅덩어리를 자랑하지!

"왠지 엄청 씁쓸한 말인데요, 그거?"

그런 말이 오고가던 중 제이크가 끄는 로열티가 땅에 멈춰섰다.

"귀찮으시겠지만 걸어야 합니다. 이 녀석으론 입성이 불가능해요."

하긴. 한눈에 보기에도 보통 말보다 1.5배는 큰, 시커먼 유령 말을 대동하고 간다면 분명 의심의 눈초리로 볼 것이다.

일행들은(그래 봤자 남들에게 보이는 건 제이크와 경식뿐이었지만) 로열티를 다시금 검집에(?) 집어넣고(!) 입구까지 걸어갔다.

그러면서 제이크가 자신이 입고 있던 로브를 벗어 경식에게 건넸다.

"걸치시죠. 그 옷으론 눈에 띕니다."

경식은 평범한 옷을 입고 있었지만 그것은 대한민국일 때에나 평범한 옷이지, 이곳에서는 듣도 보도 못한 옷차림이었다.

그것을 완전히 가리는 망토 같은 것을 제이크가 건네준 것이고 말이다.

입구에 도착하자 경비병이 제이크와 경식을 맞았다. 그들은 거대한 체구의 제이크를 경계하는 듯싶었지만 제이크가 품 안에서 어떤 것을 보여주자 금세 표정이 풀렸다.

"뭘 보여 준 거죠?"

"용병팹니다."

─그냥 용병 패게 생겼는데?

[……갑자기 춥다.]

경식은 뒷머리를 긁적였다. 용병패라는 게 뭐 하는 건지도 설명을 좀 해 주지 싶다.

그 마음을 알아차렸는지 허허롭게 웃으며 왕년 노인이 설명했다.

─아까도 설명했지만 수당을 받고 여러 가지 일을 처리해 주는 사람을 용병이라고 하네. 적게는 부유한 집에서 가출한 배은망덕한 고양이를 찾는 일에서부터 크게는 전장에 나가 목숨을 던지는 일을 하기도 하지.

왕년 노인은 용병의 등급이 실력여하에 따라 동급, 은급, 금급으로 나뉜다고 설명했다. 거의 금급을 최고의 용병으로 치지만, 사실은 그 위에 한 단계가 더 있다고 한다.

—사실 용병 중 가장 실력이 좋은 이를 미스릴 급이라고 하고, 용병 패를 주기도 하네. 용병 길드의 마스터조차 금급인 것을 감안하면, 거의 영웅과 같은 급수라고 할 수 있지. 왕년에 내가 그…….

　"미스릴 급이었다고요?"

　—오홍? 이제 착! 하면 척! 하고 알아듣는군!

　[하여튼 간에 허풍은. 아무튼 저 덩어리는 그럼 금급 용병이겠네? 용병 패가 금색이었으니까?]

　—그렇다고 볼 수 있소, 구 선생. 그리고 허풍이 아니라오! 내가 얼마나 용병생활 하며 이곳저곳 돌아다녔는데!

　그 말에, 듣고만 있던 제이크가 피식 웃었다.

　"그렇다면 수고를 덜었군. 괜찮은 여관으로 우리를 이끌어라!"

　—허허허. 괜찮은 여관이야 많지. 하지만 제이크 자네가 말하는 괜찮은 여관의 의미가 정확히 무엇인가? 비싸고 좋은 곳인가, 아니면 가격대에 비해 좋은 곳인가?

　"당연히 비싸고 좋은 곳이다! 주인님을 누추한 곳에서 주무시게 하다니, 그런 것은 이번 노숙으로 족하다!"

　제이크의 말대로, 로열티를 타고 이틀 만에 이곳으로 주파한 것은 맞지만 중간에 야영을 해야 했던 적이 있었다.

　그 야영.

바깥에서 자본 적이 거의 없는 경식에게는 새로운 경험이었으며, 다시 하고 싶지 않을 만큼 끔찍한 경험이기도 했다.

"으음, 확실히 노숙 때는 힘들어 죽을 뻔했긴 했지요."

경식이 그리 말하자, 제이크가 송구하여 어쩔 줄 모르겠다는 표정으로 고개를 조아렸다.

"죄송합니다, 주인님. 좀 더 좋은 곳에서 안락하게 쉬게 해드려야 했는데…… 크흑! 불충한 충복은 웁니다!"

경식의 키가 178정도 된다. 작은 키는 아닌데, 2미터가 넘는 제이크가 고개를 조아리자 참으로 기분이 묘했다.

이러다 진짜 울겠는데?

[계속 생각하는 건데, 나 애 좀 이상한 것 같아.]

"나도 그렇게 생각해."

그 말을 들은 채도 안 하고, 제이크는 왕년 노인에게 윽박지르듯 말했다.

"그러니 가장 좋은 곳으로 안내해라!"

—아주 그냥 만만한 게 나지? 응? 그래서 돈이 얼마나 있는데?

제이크가 당당하게 말했다.

"10골드 정도 있다!"

10골드.

한국 돈으로 따지면 100만원 정도였다.

―뭐야 왜 이렇게 돈이 적나?

많다면 많은 돈이겠지만, 4박5일 여행자금으로나 적당하다 싶지, 이렇게 기약 없는 여행에는 훨씬 더 많은 돈이 필요한 것이다.

하지만 제이크는 시종일관 당당했다.

"없으면 벌면 된다!"

[어떻게 벌 건데! 또 근성으로 번다고 하면 죽여 버리겠어!]

"커흡!"

역시 근성이 어쩌고저쩌고 하려고 한 모양이다.

[근성이 밥 먹여 주냐!]

"그, 근성으로 벌면 된다! 어떻게든 된다! 돈을 아끼려는 수작은 좀생이들이나 하는 짓일 뿐!"

"……."

그냥 좀생이 좀 하고 말지.

경식이 고개를 휘휘 저었다.

"그냥 누울 곳만 있으면 돼요. 어차피 침대를 바라는 것도 아니고…… 중세풍인 것 같은데 침대가 과학일 리 없잖아요?"

―그건 또 무슨 소리인고?

"그냥 미친 소리였습니다."

실없는 소리를 하던 경식이 갑자기 인상을 찌푸렸다.

그것을 지켜보던 구미호가 걱정하듯 말했다.

[경식아. 또 머리가 아파?]

"으응. 이상한 감각이네, 이거."

뭔가 자기 것이 아니던. 하지만 이제는 자기 것이 되어 버린 감각이 되살아나 무언가를 계속해서 가리키고 있었다.

굳이 비유하자면 마치 여섯 번째 손가락을 움직이는 감각이라고나 할까?

숲을 벗어나기 전부터 희미하게 이어지던 감각의 끈이 지금에 와서는 꽤나 확실하게 경식에게 신호를 보내고 있었다.

"일단 이동부터 하죠?"

경식은 애써 그 감각을 무시했다.

경식 일행은 왕년 노인의 말에 따라 발걸음을 옮겼다. 왕년 노인은 이곳 지리를 잘 아는지 길 안내에 거침이 없었다.

─이곳을 돌면 괜찮은 밥집이…… 망했군. 아! 이쪽으로 돌면 또 괜찮은 곳이 있소! 훌륭한 술집이…… 없어졌군. 허허허. 오래되어서.

……점점 의심이 가기 시작했다. 사실 왕년 노인이 가지고 있는 기억은 몇십 년 전의 것이기 때문에 지금과는 사뭇 다른 감이 많았다.

그래. 달라도 너무 달랐다.

왜냐하면 그가 찾아간다던 여관 역시…….

"이곳이 그 여관 확실한가요?"

여관은 이상한 곳으로 바뀌어 있었다.

"아주 대애애애애단한 여관인데요?"

——……허, 허허. 왕년엔 좋은 여관이 있었는데 말이야. 험 험!

"그런데 뭐하는 곳이죠, 저기가?"

여관이 있어야 할 그곳엔 유리로 된 꽤나 고급스러운 가게 가 하나 있었다.

그 광경을 보며 왕년 노인은 고개를 갸웃했다.

——글세…… 나도 잘 모르겠구먼?

Chapter 8
의문의 신령

간판 역시 가관이었다.

동물왕국.

모두들 고개를 갸웃거렸지만, 오히려 경식만은 이곳이 무엇을 하는 가게인지 알 것만 같았다.

아니, 경식만이 이해가 가능한 부분이었다.

"이거 애견샵인데요?"

"……애견샵?"

애견샵. 말 그대로 반려견을 키우기 위한 용품과 사료, 그리고 반려견 자체를 분양하는 일을 맡고 있는 곳이었다.

경식이 살던 세계에서나 있을 법한 곳이 이곳에 있으니 새삼 경식도 고개가 갸웃거려진다고나 할까.

—헐헐헐. 세상이 많이 좋아졌군. 내가 살아 있을 적에는 빈번하게 전쟁이 일어나는 시기였는데, 이제는 식용으로나 쓰일 법한 강아지를 반려동물로 키우는 시대가 왔다니 말이야.

그 말에 구미호가 발끈했다.

[요, 요요요 귀여운 것들을 먹는다고? 그게 말이 돼? 이 야만인아!]

"짐승이 야만인이래. 풉."

[야아! 너는 내 편 들어야지이!]

"뭐 개고기 안 먹긴 하지만 대한민국 전통음식인 걸 어떻게 해, 그럼?"

[야! 여우도 따지고 보면 개과 동물인데, 그럼 나 귀여우니까 나도 먹겠다? 응? 이 구미호 먹을 거야?]

"……그, 어. 음. 뭔가. 음."

음란마귀가 씌었나?

표현이 중의적인 것 같았다.

경식이 구미호의 질문에 곤란해 할 때, 옆에 있던 제이크가 코웃음 쳤다.

"다 세상에 대한 미련이고 집착이다! 반려동물이라니? 당치도 않지. 어차피 죽어서 썩어 문드러질 육신인데!"

―자네도 말 한 마리 있지 않은가?

"그건 유령이고! 육신이 없다!"

―뭐 어떤 의미에서건 나도 저런 건 반대일세. 먹고 살기 바쁜 세상에 반려견을 키우는 사치를 부릴 수 있는 족속들은 배부른 귀족밖에 없을 테니까 말일세.

둘이 그렇게 열변을 토하는 중에도 경식은 유리판에 진열(?)되어 있는 아기 강아지들을 보았다.

강아지들을 지켜보는 경식의 입가에 절로 웃음이 지어졌다.

지구와 같으면서도 다른 동물들의 모습을 보자 꽤나 흥미가 돈 것이다.

그것을 본 제이크가 흐뭇하게 웃었다.

"즐거우십니까!"

"집에서 키우던 개도 생각나고요. 푸들 한 마리 키웠었는데, 장난 아니게 예뻤었거든요."

"헙! 그런 줄도 모르고 제가 괜한 말을……."

"아니 뭐 취향 존중 차원에서 넘어갑시다, 우리."

―그렇게 좋으면 한 번 둘러보던가 하는 것도 좋을 텐데? 운영하는 가게 주인이 꽤나 후덕해 보여서 여관 어딘지 물어보면 잘 가르쳐 줄 것 같구먼.

"그럼 들어가 볼까요?"

경식은 새로운 세상에 있는 사회에 첫 발을 내디뎌 조금 신나 있는 상태였다.

당차게 가게 문을 열었다.

가게 주인이 반갑게 경식을 맞아 주었다.

"djtjdhtpdy~"

쾅.

경식은 문을 열자마자 문을 닫으며 뒷걸음질 쳤다.

당황스러웠다.

"와 심장 떨려. 지금 뭐래요? 나한테 뭐라고 한 거예요, 저 사람이?"

─안녕하세요~ 라고 말했는데?

"아아, 나 이곳 언어 알아듣지 못했었죠?"

왕년 노인이야 영혼인 상태라서 영혼과 친화력(?)이 높은 경식은 말을 알아들을 수 있지만, 영혼이 아닌 상태에서 언어가 다르면 알아들을 수 있는 방법이 없는 것이다.

"그럼 제이크 아저씨는 어떻게 내 말을 알아들을 수 있었던 거죠?"

─아마 아티팩트 때문일 걸세. 아티팩트란 마법이 걸린 물건이라는 뜻인데, 그런 것을 소지하면 언어와는 상관없이 같은 지성체끼리 대화를 나눌 수 있게 해 주지. 아마 그걸 차고 너와 이야기를 나눌 수 있었던 거겠지.

"아아, 그럼 이곳의 언어를 배워야 하는 건가요?"

—시간은 걸리겠지만 별수 있겠는가. 배워야지.

"크으. 이런 상황에서 아무런 해결책도 드릴 수 없는 죄인을 용서하십시오."

제이크가 괴롭다는 듯 그리 말했다. 경식 역시 제이크만큼 괴로웠다.

앞으로 이곳의 언어를 배워야 한다는 게 상당한 스트레스로 다가왔다.

왕년 노인은 '내가 앞으로도 통역쯤은 해 줄게. 나 데려오길 잘 했지?' 따위의 말을 하며 경식을 위로했다.

옆에서 가만히 지켜보고 있던 구미호가 한심하다는 듯 말했다.

[야이 멍청이들아! 그냥 저 덩어리가 끼고 있는 반지를 경식이한테 주면 되잖아!]

"그게 무슨 소리…… 아아!"

"오오."

—구 선생 천잰데?

세 남자는 멍청이라는 말에 기분이 나빠져서 반문을 하려는 찰나 자신이 멍청이인 걸 깨달은 듯한 표정을 지었다.

제이크는 이곳 사람이고, 경식과 대화를 위해서 아티팩트를 끼웠다.

하지만 사실 그 아티팩트를 제이크가 아닌 경식이 착용한다면 제이크 뿐만 아니라 이곳의 모든 사람과 이야기가 가능해지는 것이다.

[……멍청이들.]

아무튼 제이크는 당장에 경식에게 반지를 꺼내어 건네주었다. 반지는 제이크가 끼던 거라 헐렁했지만 조여 오듯 고리가 작아지고 굵어지며 딱 맞게 변했다.

물론 지금까지는 변화를 느낄 수 없다.

하지만 애견샵에 들어가 주인을 접해 보면 변화를 알 수 있을 것이었다.

경식은 애견샵의 문을 당차게 열었다.

주인이 빙긋 웃었다.

"어서 오세요~"

"우와!"

경식은 말이 들리자 신기했다.

"제 말이 들리시나요?"

"들리다마다요. 거기 뒤에 있는 분도 들어와서 구경하세요. 자고 있는 아이들은 되도록 깨우시면 안 됩니다."

"오오, 오오오오!"

경식은 신기해했으며 주인은 그런 경식을 보며 신기해했다.

"검은 머리카락에 검은 눈동자라니, 처음 봅니다. 뒤에 있는 분은 아버지신가요?"

제이크를 보고 한 말인가 보다.

그가 고개를 거세게 저었다.

"난 이분의 충실한 종이다!"

"그, 그러시군요. 보기보다 지체 높은 분인가 보네요?"

"아니 그런 건 아닌데, 으음."

막상 와보니 약간 곤란스러웠다. 이곳에 온 목적은 제이크에게 받은 아티팩트를 시험해 보기 위해서였고, 내친김에 좋은 여관이 어디에 있는지 물어보고 싶어서였다.

그런데 생각해 보니 영업하는 곳에서 생뚱맞은 걸 물어보고, 용무가 끝났으니 가버리는 건 예의가 아닌 것 같았다.

경식이 안절부절못하는 이유를 자기 식대로 이해한 주인이 마음씨 좋게 말했다.

"제대로 소개하지요. 이곳의 운영을 맡고 있는 보르도라고 합니다. 동물을 사랑하는 마음만 있다면 충분하니. 굳이 무언가를 구입하지 않으셔도 괜찮습니다."

"아, 아아. 그렇군요."

참 마음씨 착한 사람이라고 생각하며 경식은 강아지들을 둘러보기 시작했다.

강아지들의 종류는 다양했다.

요크셔테리어 비슷한 것도 있고, 푸들 비슷한 것도 있었다. 그런데 비슷하다 뿐이지 생김새는 조금씩 달랐다.

[경식아 쟤 봐, 쟤. 어쩜 저렇게 귀엽지? 어떻게 저렇게 귀여울 수가 있니? 응?]

'거참 시끄럽네.'

경식은 그렇게 중얼거리면서도 그녀의 말에 공감했다. 다른 강아지들도 상당히 귀엽지만, 눈앞의 강아지는 조금 더 귀여운 구석이 있었다.

심지어는 꼬리도 두 개였다.

그걸 보던 보르도가 씩 웃으며 자랑하듯 말했다.

"아아, 이건 루티에르라는 종입니다. 옛날에 마계의 문이 열렸던 시절 내려온 헬 하운드와 피가 섞인 종이라고 합니다. 몸 안에 마력을 담고 있어서 털에 항상 윤기가 흐르며, 웬만한 불길에는 화상을 입지 않아서 황실을 대표하는 동물이기도 하지요. 게다가 한 마리의 새끼만을 낳기로 유명합니다. 그래서 입양 가격이 비싸고……아무나 반려견으로 얻지 못하는 종이기도 합니다."

"엄청 비싸 보이긴 하네요."

꼬리가 두 개 달린 루티에르라는 녀석은 치와와를 닮아 있었다. 눈은 땡그랗고 뭔가 억울하게 생겼는데 그게 귀엽다. 몸체도 작고, 아주 앙증맞아서 깨물어주고 싶은데, 막상 깨물면 깨문 곳이 부러질 것 같아서 못 깨물 정도로 여려보였다.

"꽤나 귀한 종인데, 이것 참. 곤란하게 되었지요."

보르도의 얼굴색이 그리 좋지 못했다.

"곤란한 일이라뇨?"

끼잉. 끼이잉……

루티에르라는 종류의 강아지는 낑낑거리고 있었다. 그것을 보는 주인은 애처로운 한숨을 쉬었다.

"말씀드렸다시피 루티에르 종은 한 마리의 새끼만을 낳습니다. 그래서 종 자체가 귀하지요. 이번에 연금술사 길드의 길드장님께서 저 녀석을 입양하기로 되어 있었습니다만…… 어미 녀석이 시름시름 앓다가 그만 죽어버렸지 뭡니까."

"아이고, 저런."

"물론 잘 묻어주었지요. 녀석과 정도 많이 들었었는데…… 휴우! 어찌 되었건 아직 젖을 떼려면 2주일은 더 있어야 하는데, 이러다간 녀석이 굶어 죽게 생겼어요."

루티에르 종은 생후 2개월까지 어미의 젖만을 먹는다. 어미의 젖이 아니면 입에도 대지 않는 까다로운 식성을 가졌다.

그런데 일주일 남기고 어미가 그만 죽어버렸다.

이대로 가다간 굶어 죽는다. 아무리 마물의 피가 섞인 종이라 하더라도 굶으면서 버티는 데에는 한계가 있는 것이다.

"이렇게 죽어가는 걸 보고만 있자니 너무 힘듭니다. 길드 마스터님께도 차마 말씀을 못 드렸는데……."

"아이고…… 그렇군요."

뭔가 마음이 아파오는 걸 느꼈다. 하지만 경식이 해 줄 수 있는 건 당연하지만 하나도 없었다.

옆에서 묵묵히 지켜보던 제이크가 헛기침을 하며 주인에게 말했다.

"이곳에 괜찮은 여관이 있는가?"

그 말에, 주인은 선선히 고개를 끄덕였다.

"아아, 이쪽에서 왼쪽으로 도셔서 나오는 대장간 길을 따라 가시면 페가수스라는 여관이 나옵니다. 닭 요리가 일품인 곳이지요."

"감사하다."

제이크는 경식을 보챘는데, 경식은 루티에르 새끼에게서 눈을 떼지 못하고 있었다.

"가시죠."

"크으으."

아니, 자세히 보니 루티에르 새끼가 아니라 다른 것 때문에 인상을 찌푸리고 있었다.

제이크가 무슨 일인지 묻기도 전에 경식이 인상을 찌푸리며 창문을 가리켰다.

"뭔가가 오고 있⋯⋯."

챙그랑!

경식의 말이 끝나기도 전에 유리문이 부서지며 작은 인영이 모습을 드러냈다.

경식은 인상을 찌푸리며 그것을 보았다.

조금 전 보았던 루티에르 새끼와 비슷하게 생긴, 크기가 3배정도는 거대한 또 다른 루티에르였다.

가게 주인이 그 루티에르를 보더니 눈을 부릅떴다.

"수, 수잔나?"

그가 묻어주었던 어미가 무덤에서 살아 돌아온 것이다!

＊　　　＊　　　＊

"수잔나!"

보르도의 외침을 들은 수잔나. 그러니까 루티에르 종으로 추정되는 꼬리 두 개 달린 이 강아지는 아무런 대꾸도 없었다.

그저 주변의 모든 사람을 노려보며 그르렁거릴 뿐이었다.

그르르르르르!

보르도가 당황했다.

"조, 좋아해야 하는 겁니까? 저 녀석 분명 숨이 끊어져서 묻어 줬었는데……?"

그런 말을 하건 말건, 수잔나라 불린 강아지는 이를 드러
내며 그르렁거렸다. 그러면서 주변을 둘러보며 무언가를 찾
았다. 코를 킁킁거리기도 했다.

그리고 드디어 무언가를 찾았는지, 그곳으로 달려들어 손
을 휘둘렀다.

개 사료가 들어 있는 가마니였다.

좌아아악!

손을 살짝 휘두른 것 같았는데 눈앞의 가마니가 좌좍 찢어
지며 사료가 피처럼 철철 흘러나왔다.

그리고.

와그작 와그작. 와작작작!

주둥이를 사료 가마니에 처박더니 말 그대로 사료를 '흡
입'하기 시작했다.

크르. 크르르르!

"수, 수잔나."

"저거 그냥 내버려 둬도 되나요?"

그 말에, 보르도가 머리를 긁적이며 혼란스러워 했다. 그러
고는 잠깐 생각에 잠기더니만 빙긋 웃어 보인다.

"녀석. 배가 고팠구나. 아빠가 죽은 줄 알고 땅에 묻어서
미안하다."

"……."

아니. 어떤 유연한 사고를 가지고 있으면 죽어서 땅에 묻힌 강아지가 살아 돌아왔는데 저런 말을 할 수 있을까?

경식이 그런 생각을 하건 말건, 보르도는 참 다행이라는 표정을 지으며 옆에서 시름시름 앓고 있는 루티에르 종. 즉, 수잔나가 낳았다고 한 그 녀석을 안아 들고는 수잔나에게로 향했다.

"수잔나. 네 자식이 굶고 있는데 너만 그렇게 사료를 먹을 참이니? 이보렴. 펑키가 끙끙 앓고 있잖아?"

새끼의 이름이 펑키인 모양이었다.

보르도는 수잔나에게 펑키를 내밀었다.

경식 일행은 말없이 그 광경을 지켜봤다.

어찌 되었건 모자상봉이었다.

헌데, 방금 전까지만 해도 '어쩜 좋아. 어쩜 좋아'라고 꺅꺅대며 좋아하던 구미호가 빽 하고 고함을 질렀다.

[피하게 해!]

"……!"

경식 역시 수잔나의 눈동자에 드러난 감정을 얼핏 읽었다.

그것은 부모의 눈이 아니었다.

사냥감을 보는 포식자의 눈이었다.

경식이 반사적으로 움직였다.

따악!

수잔나의 이가 허공에서 부딪치며 큰 소리가 울렸다.

아마 경식이 보르도의 옷을 잡고 뒤로 확 끌지 않았더라면 펑키가 그 이빨에 물려 죽었으리라.

보르도는 믿을 수 없다는 듯 외쳤다.

"수, 수잔나!"

크아아앙!

눈앞의 강아지. 다 큰 루티에르종인 수잔나는 비명에 가까운 소리를 지르며 보르도에게 달려들었다.

경식은 이를 악물며 자신의 힘. 그러니까 여우 구슬 안에 잠들어 있는 오크 신의 힘을 끌어올리려 했다.

하지만.

[취익! 나의 힘! 너의 힘 아님! 취익!]

'이, 이런!'

오크 신은 그에게 힘을 빌려주지 않았다. 절체절명의 순간. 경식은 수잔나의 이빨 아래 그대로 노출되게 되었다.

수잔나는 심지어 경식의 목덜미를 노리고 있었다.

잘못 물리면 동맥이 끊길 위험!

—경식! 피하게!

'그게 되면 피했지요!'

경식이 비명을 지르며 눈을 질끈 감았다.

콰작!

이빨이 살을 파고드는 소리가 진득하게 울렸다.

경식은 인상을 더욱 찌푸렸지만 그것에 동반되는 고통은 없었다.

의아하게 생각한 경식이 눈을 뜨자, 그곳에는 커다란 등을 가진 제이크가 이를 씩 드러내며 자신의 팔을 바라보고 있었다.

그의 팔에는 수잔나가 날카로운 이빨로 매달려 있었다.

"아프군. 아파. 하지만 이쯤은!"

제이크가 씩 이를 드러내며 그대로 수잔나를 땅에 패대기 쳤다!

"근성으로 버틴다!"

파악!

깨개개갱!

큰 충격을 받았는지 수잔나는 뒤로 물러나며 그르렁거렸다. 하지만 이미 수잔나는 한쪽 발이 부러진 상태인지, 다리를 들어 올린 채 피를 뚝뚝 흘리고 있었다.

저 귀여운 외모에 저러고 있으니 왠지 불쌍해 죽겠다.

반사적으로 소리가 나왔다.

"지금 뭐 하는 짓이에요!"

제이크가 당황했다.

"저 빌어먹을 개새끼로부터 당신을 지켰습니다만!"

"그, 그렇긴 하지만!"

왠지 모르게 이런 상황에선 수잔나가 더 불쌍해 보인다고
나 할까?

"저 개새끼. 근성이 대단하군요! 제 힘이 보통이 아닌데도
살아 있다니요!"

말 그대로. 아예 죽일 생각으로 패대기친 것이었나 보다.

"근성이 아니라 그냥 내구성이…… 어라?"

경식은 수잔나를 보며 입을 쩍 벌렸다.

수잔나의 다친 다리에서 뚝뚝 떨어져 내리던 피가 마치 비
디오를 거꾸로 돌린 것처럼 수잔나에게로 다시 돌아갔기 때
문이다.

상처 역시 아물어갔다.

실로 엄청난 재생력이 아닐 수 없었다.

곁에서 보고 있던 왕년 노인이 감탄사를 내뱉었다.

—호오. 트롤을 방불케 하는 재생력이로구려.

"트롤? 그게 뭔가요?"

크아아아앙!

수잔나는 또다시 비명에 가까운 소리를 지르더니, 제이크
가 아무런 반응도 없이 자신을 노려보고 있자 이를 악물며
왔던 방향의 반대쪽으로 달려갔다.

도망쳤다는 소리다.

"수잔나아아!"

보르도가 손을 뻗치며 수잔나를 불렀지만 수잔나는 점점 멀어져 갔다.

어찌해야 할 바를 모르던 경식이 얼떨떨해하는데, 그런 경식의 정신을 구미호가 다독였다.

[어서 쫓아 가!]

"굳이 그럴 필요가 있을까?"

오히려 구미호가 되묻는다.

[어휴. 못 느꼈어? 이 둔팅이야!]

"뭘 느껴야 되는데?"

[어휴. 너 지금 점점 머리 아픈 거 사라지고 있지 않아?]

"흠?"

그러고 보니 그랬다.

[그게 다 저 녀석이 너와 멀어져서 그런 거야!]

"그건 무슨 소린데?"

[지금 저 강아지에게 접신한 녀석이 있다는 이야기잖아, 이 답답아!]

"뭐야, 그런 거냐!"

"흠! 역시 그래서 나의 근성이 그것밖에 통하지 않았던 거였군!"

그리 말하더니 제이크가 등 뒤에 메고 있던 소울이터를 허공에 휘두르려 했다.

"여기선 안 돼요! 가게 바깥에서 합시다, 우리!"

여기서 2미터가 넘어가는 소울이터를 휘두르면 어떤 일이 일어날지 상상도 되지 않았다.

"흠. 주인님이 그러시다면 알겠습니다."

결국 제이크는 나가서 소울이터를 휘둘렀다. 그러자 그 안에서 유령마 로열티가 튀어나와 제이크와 경식을 바라봤다.

마치 무슨 일을 하면 되냐는 듯한 차분한 눈빛이다.

경식은 제이크와 함께 로열티를 타고 멀어져 가는 수잔나를 쫓아가기 시작했다.

그리고 그 뒤를 영체인 구미호와 왕년 노인이 뒤따랐다.

*　　　*　　　*

"지금까지는 주인님의 적응을 돕고자 빨리 달리지 않은 것입니다. 지금부터는 꽉 붙들어 매셔야 합니다!"

경식은 제이크의 말을 믿지 않았다. 이곳은 대로변이었고 사람들도 많았기 때문이다.

하지만 그의 말은 틀리지 않았다.

로열티의 속도가 기하급수적으로 올라가기 시작했다.

"끄아아아악!"

쓰아아아아아아악!

귓가에 바람이 거세게 울리며 볼이 다 얼얼할 지경이었다. 그는 지금 엄청난 속도감을 느끼고 있었다. 마찰하는 공기만으로도 허리가 꺾여 나갈 것 같았기에 제이크의 허리를 꽉 붙들어 맬 수밖에 없었다.

[인마! 야! 같이 가!]

—거, 거 너무 빠르군! 왕년의 나도 저 정도 속도를 내진 못했는데!

"끄아아아아악!"

물론 유령마의 이런 속도엔 많은 희생이 동반된다.

이를테면 대로변의 많은 사람들이 그러했다.

하지만 제이크는 그런 사람들을 피해 가지 않았다. 그는 그냥 강행돌파 했다.

눈앞의 한 소녀가 비명을 질렀다.

"꺄아아아아악!"

하지만 그런 그녀의 비명에도 불구하고 키가 3미터가 넘어가는 로열티는 그런 여인을 들이받았다.

"이, 이익! 당신은 사람도 아니야!"

악에 받친 소리를 내며 경식이 제이크를 탓했지만 알고보니 제이크를 탓할 일이 아니었다.

소녀는 비명을 질렀을 뿐 몸이 다치진 않았기 때문이다.

"뭐, 뭐지?"

"노오오오오옴!"

히히히히힝힝!

제이크는 빠르게 가까워져 가는 수잔나를 노려보며 득의양양하게 웃었다. 그 웃음에 맞춰, 로열티가 그런 수잔나를 들이받듯 또다시 지나치더니 가까운 곳에 멈춰 섰다.

수잔나는 갑자기 앞에 로열티를 탄 제이크가 나타나자 황급히 멈춰 섰다.

제이크가 피식 웃으며 말했다.

"영혼으로 된 말이니 사실상 형체는 없습니다. 그러니 스치고 지나갈 수도 있지요. 녀석의 장점이자 단점이죠. 육탄공격은 못합니다."

"그, 그렇군요. 심한 말해서 미, 미안해요."

[크헥. 헥. 모, 목이 졸리는 느낌이었어!]

구미호가 죽는 소리를 하며 헉헉거렸다. 구미호와 경식은 일정 거리 이상 떨어질 수가 없다. 원래는 10미터였는데, 오크 신을 받아들임으로써 꼬리가 늘어나자 그 거리도 20미터로 늘어났다. 그녀의 목에 목줄 같은 게 메여 있는 건 아니지만, 20미터를 초과하게 되면 보이지 않는 운명의 실이 구미호를 억지로 경식에게 끌어 오는 식이다.

그러니 보이진 않지만 구미호에겐 목줄이 걸려 있는 게 맞았다.

그리고 말하는 도중에 뒤늦게 영혼체 하나가 다가왔다.

바로 왕년 노인이 그것이었다.

—헐헐. 빠, 빠르구려. 빨라. 아이고, 숨 차라.

"숨이 찰 게 있어요? 영혼인데?"

—영혼도 생명일세! 당연하지!

"새, 생명 아닌 것 같은데?"

그런 말을 하는 사이, 그들의 앞에 서 있던 수잔나가 그르렁거리다가 한마디 했다.

[네놈들. 무엇. 이냐!]

말했다.

"지금 강아지가 말했다아아!"

[아니, 저건 강아지가 말한 게 아니야. 이쯤 되면 딱 알아차려야 하는 거 아니야?]

그렇다. 지금 무언가가 수잔나라는 강아지에게 들어가 있는 것이었다. 그리고 그 들어가 있는 영혼의 군집체가, 경식이 찾고 있는 아홉 마리의 영혼 중 하나일 것이고 말이다.

경식은 강한 기시감을 느끼며 확신했다.

이 강한 기시감. 이것의 명칭을 정정할 필요가 있었다.

이것은 강한 영혼. 신급 영혼이 어디에 있는지 느낄 수 있는 감각이었던 것이다.

경식이 로열티에서 내린 후 앞으로 걸어 나가며 말했다.

"너, 사령의 보옥에 있던 신들 중 하나 맞지?"

[……사령의. 보옥……!]

그 단어. 사령의 보옥.

자신을 가두던 것의 이름이었다.

[네놈…… 뭐냐. 나를. 가둔. 놈들과…… 한패인가!]

"아, 아니 뭐 그렇다기보단……."

[또 나. 를 가두려는. 것이냐!]

경식은 당황스러웠다.

"뭐, 뭐야. 가둬지는 걸 싫어하는 거였어?"

구미호가 경식에게 쏘아붙였다.

[그럼 좋아할 줄 알았어, 바보야?]

"아니 음…… 그러네?"

[크아아아아아!]

수잔나의 몸을 탈취한 그것이 경식에게 달려들었다.

경식은 약간 당황했지만, 이번에는 그의 몸속에 있는 여우 구슬이 먼저 반응하여 오크 신의 힘이 깨어났다.

경식이 힘을 원하기도 전에 말이다.

꽈꽝!

[취익! 빌어먹을 트롤녀석! 네놈은 이미 지옥행 마차에 착

석! 취익!]

"에······ 엥? 잠깐만? 야!"

[취이이익!]

몸이 멋대로 움직이기 시작했다. 강철처럼 단단해진 그의
손이 강아지의 작은 몸을 때렸다.

꽝!

하지만 그 손은 벽을 치고 만다. 아무리 오크 투사의 전투
센스가 남다르다 한들, 본체가 되는 경식의 센스와 감각이
그것을 아직 따라가질 못하는 것이다.

경식은 단지 힘세고 좀 더 민첩해진 강철 일반인에 불과한
것이다.

쾅! 쾅쾅!

작은 강아지에 씌인 녀석이 민첩하고 빠르게 움직여 경식
을 공격하기 시작했다. 그것을 다 막지 못하고 얻어맞고만
있는 실정. 경식의 피부가 강철처럼 단단하지 않았더라면 살
이 찢어졌을 것이다.

아픔도 조금 덜해진다 뿐이지 아예 못 느끼는 게 아닌지
라, 경식은 한껏 인상을 찌푸렸다.

휙! 휙!

"거 참 안 맞네!"

[죽어. 라아아아!]

쾅쾅!

"크윽!"

경식이 뒤로 물러났다.

안에서 힘을 빌려주고 있는 오크 신이 울화통을 터뜨린다.

[취익! 네놈 나약! 그런 주인은 사양! 나에게 몸을 이양! 나의 전투센스는 고양! 취익!]

뚜둑. 뚜두두둑!

경식의 피부 겉 표면에 반투명한 막이 형성되더니 그것이 회색으로 변하며 나무껍질처럼 일어났다.

"끄, 끄윽! 모, 몸이 점점…… 점점!"

그러면서 서서히 경식은 머릿속이 뿌연 안개가 낀 것 같고, 집중이 안 되는 것을 느꼈다.

경식은 지금 몸을 잠식당하는 중이었다.

이윽고 경식의 눈동자가 흰자까지 회색으로 물들었다.

"크아아아아앙!"

경식의 몸을 잠식한 오크 신이 씨익 이를 드러내며 접신한 수잔나를 향해 입을 벌렸다.

충격파가 뿜어져 나왔다.

콰아아아!

충격파에 당한 수잔나가 뒤로 주욱 밀려났다. 다리가 부들부들 떨리는 걸 보니 제대로 공포에 잠식당한 듯했다.

[크르르. 오크. 따위에게. 이런. 수치를……]

경식의 몸을 완전히 잠식한 오크 신이 씩 웃었다.

"취익. 살아생전에! 네놈들 트롤을 도륙했던 나이기에! 취익! 취익!"

경식은 아주 취익 거리고 난리가 났다.

[그렇다면. 번거롭지만. 죽어라!]

─헐헐. 저기에 씌인 게 트롤인 모양이로구먼. 내 왕년에도 오크는 트롤의 좋은 먹잇감이었던 걸로 기억하는데, 지금도 사이 별로 안 좋은가 보이.

[끄으응, 가만히 있어, 노인. 지금 힘 모으는 중이잖아. 집중이 필요해, 집중이!]

옆에서 구미호가 경식. 아니, 경식의 몸을 잠식한 오크 신에게 눈을 부라렸다.

[감히 경식이를 밀쳐내?]

"취익! 그, 그건!"

경식의 눈동자에 두려움이 비쳤다.

[각오는 되어 있겠지?]

구미호의 혼체가 경식의 몸을 향해 달려들었다.

경식. 아니 경식의 몸을 점령한 오크 신이 비명을 지르며 뒤로 물러났지만 그것을 막을 수는 없었다.

쏘옥.

그리고 얼마 후.

"쿨럭! 쿨럭쿨럭!"

경식이 기침을 토해내며 토악질을 했다.

마치 물에 빠져 정신을 잃었다가 겨우 살아난 느낌이었다.

"후아! 후! 와, 뭐야. 죽다 살아났네. 빌어먹……!"

경식이 굳어버렸다.

그의 눈에 보인 건, 수잔나에게 한껏 빙의한 트롤 신의 달려드는 모습이었다.

그는 지금 오크 신과의 연결이 끊긴 상태.

그의 눈동자에 공포가 피어올랐다.

'기, 기왕 몸 빼앗긴 거, 사건 해결되고 다시 되찾지 그랬어…….'

[안 돼! 경식아!]

'안녕. 다음에 태어나면 역시 가리비로…….'

구미호 역시 다급한 목소리로 경식을 불렀지만 그것뿐이었다.

콰쾅!

경식은 다시금 눈을 질끈 감았다.

하지만 수반되는 고통은 없었다.

눈을 떠보자 또다시 거대한 등이 보였다.

제이크였다.

제이크는 수잔나의 목을 잡고 들어 올렸다. 가뜩이나 작은 강아지 크기의 수잔나가 제이크에게 들리니, 장난감 들리듯 번쩍 들려버린다.

"나의 주인님을 두 번이나 죽이려 하다니."

[크르르르!]

제이크의 표정이 더욱 엄숙해졌다.

"그 죄. 죽음으로 갚아라!"

Chapter 9

소울 에너지를 배우다

제이크의 손아귀에 힘이 더욱 가해졌다. 수잔나는 깨갱 소리를 내며 발버둥 쳤지만, 통나무처럼 두꺼운 제이크의 손아귀를 벗어나지 못했다.

경식은 주저앉은 채 그런 제이크를 멍하니 바라봤다. 자신의 생명을 두 번이나 구해 준 그의 등은 거대했다.

제이크의 말이 이어졌다.

"이제야 기억난다. 네놈, 붉은 어금니지?"

[크릉. 크르르륵!]

"갇혀 사는 운명이 바뀌었다 생각하나!"

수잔나. 아니, 붉은 어금니는 비릿한 웃음을 흘렸다. 강아지 얼굴에 저런 표정이 지어지는 게 신기할 정도로 사람을 닮은 형색이었다.

[나는. 한 번도. 너희. 를 섬긴 적. 없다!]

붉은 어금니의 눈이 노랗게 물들어 갔다.

그것이 무슨 신호라도 된 듯, 제이크가 눈을 부릅뜨며 주먹을 들어 붉은 어금니에게 휘두르려 했다.

붉은 어금니의 몸뚱어리보다 큰 주먹이 빠르게 날아간다.

경식이 그걸 보고 손을 뻗었다.

"죽이면 안 됩니다!"

움찔!

경식의 목소리에 제이크가 약간 움찔하는 찰나. 그 찰나를 놓치지 않고 붉은 어금니가 입을 쩍 벌렸다.

쿠아아아아아아!

"아뿔싸!"

붉은 어금니의 입에서 노오란 수증기가 줄기차게 뿜어져 나와 제이크의 얼굴을 때렸다.

제이크는 인상을 찌푸리며 뒤로 물러났고 간신히 풀려난 붉은 어금니는 재빨리 달아났다.

[나를. 죽여? 동포들. 을 구하기. 전까진. 죽지 않아!]

"……동포?"

그 뒷모습을 보며 경식은 뭐라고 말을 하려 했지만, 눈을 부릅뜰 수밖에 없었다.

"커헉. 이, 이게 무슨 냄······새지?"

경식은 위에서 뭔가가 올라올 것 같은 느낌에 입을 막고 뒤로 물러났다.

"우, 우웨에엑. 무, 뭐야. 웨엑!"

싸움구경 좋다고 몰려 있던 사람들 역시 노오란 연기를 맡고는 저마다 인상을 잔뜩 찌푸리며 뒤로 물러났다.

"누, 누가 뀐 똥방구야?"

"방구라기엔 너, 너무. 우욱!"

토악질이 올라온다는 듯 인상을 찌푸린 사람들이 뿔뿔이 흩어졌다.

"지, 지독한 냄새다. 이건 지독한 똥냄새야!"

냄새로 자신을 방어하는 동물 중 단연 최고는 스컹크라고 알고 있었다. 그리고 경식은 스컹크가 뿜는 냄새를 맡아본 적이 있었다.

가족들과 함께 외국에 나갔을 때 쓰레기통을 뒤지던 녀석을 본 적이 있는데, 저가 그 녀석에게 다가갔던 건 아니고 쓰레기통을 두고 싸우던(?) 강아지가 스컹크에게 당했었다.

그리고 옆에 있다가 그 냄새를 맡아버린 것이다.

정말 그 냄새는 지금도 잊히지 않을 정도로 고약한 것이었는데, 딱 그만큼의 냄새가 진하게 퍼지고 있었다.

"우우우웁."

경식은 뒤로 물러나며 괴로워했다.

그리고 그것을 직방으로 얻어맞은 제이크는?

"……이, 이따위 냄새. 그, 근성으로. 근성으로. 근……근……!"

우에에에엑!

제이크가 토악질을 참아내다 기어코 속을 게워냈다.

옆에서 그걸 보던 구미호가 입을 쩍 벌렸다.

[와. 육포가 고기가 돼서 나왔어.]

─씹지도 않았구려. 마치 육포를 고기로 만드는 기계 같소.

"다, 다들 너무 말이 심한데?"

경식은 걱정스러운 눈빛으로 제이크를 보았다.

제이크의 토악질은 한동안 계속되었다.

*　　　*　　　*

"아이고, 이제 좀 괜찮아요?"

"며, 면목 없습니다. 쿨럭!"

제이크는 상당히 괴롭다는 표정을 지었다. 경식은 지금 제이크가 어떤 상황인지 알 것만 같았다. 지금 제이크의 몸에선 엄청난 냄새가 나고 있으니, 제이크 당사자는 도대체 오죽할까?

[얼마나 독한 냄새길래 그래? 막 장난 아니야?]

구미호가 고개를 갸웃거리며 경식에게 물었고, 경식은 진저리 처진다는 듯 오만상을 찌푸리는 걸로 대답을 대신했다.

—헐헐헐. 트롤의 노린내는 가히 타의 추종을 불허하지. 하지만 이런 반응을 보일 정도는 아닌데, 그 영혼이 꽤나 강력한 모양이군?

"나의 의리와 근성이 부족했을 뿐이다. 다음에 만나면……절대, 절대로 이럴 일 없을 것이다!"

그는 선언하듯이 그리 말한다.

경식은 왕년 노인을 바라보며 고개를 갸웃거렸다.

"트롤이 뭔가요?"

그 말에, 왕년 노인이 허허롭게 웃으며 설명했다.

—거대한 거인형 몬스터라네. 오우거만큼 크고 거대한 힘을 발휘하진 못하지만 꽤나 강력한 녀석이지.

"오우거는 또 뭐예요?"

—아…… 음. 아예 몬스터들의 서열관계에 대해서 설명을 해 줘야 알아들을 것 같은데? 하지만 그건 상당히 귀찮고 번거로운데…… 내가 굳이?

굳이 설명해야 하냐는 식이다.

그 말에 경식과 구미호가 눈을 반짝 빛냈다.

[뭐야, 뭐야. 나 이해력 되게 좋아.]

"설명하면 한 번에 찰떡같이 알아들을게요!"

—으잉, 찰떡이 뭔가?

"궁금하면 설명 하시죠."

—끄응. 뭐 별수 있나.

왕년 노인은 빙긋 웃으며 설명에 들어갔다.

이 세상은 몬스터라는, 말 그대로 괴물들이 판치는 세상이기도 하다.

몬스터의 폭은 다양한데, 지능이 낮고 흉포한 야생형 몬스터부터 지능이 높고 인간 행세를 하고 다니는 유사인종 몬스터들까지 다양하다.

—유사인종 몬스터들은 엄청 다양해. 따지고 보면 인간을 제외한 모든 지성체가 유사인종 몬스터들이니, 엘프도 거기에 포함이 될 것이네. 이들을 설명하는 건 너무 복잡하고, 내가 설명하고자 하는 건 사람들에게 엄청난 해악을 끼치는 공포의 대상들이고, 바로 일전에 봤던 오크가 그러하지. 또한 내가 방금 언급했던 오우거가 그러한 녀석 중 하나지.

"그러니까 그 오우거가 뭐냐는 거죠."

—오우거라. 흐음, 흔히 몬스터들의 왕이라고 불리는 절대적인 힘을 가진 존재이지.

오우거. 그것의 힘은 바위를 가루로 만들 정도로 강력하고 전력으로 달려가는 말을 따라가 낚아챌 만큼 순발력이 뛰어나다. 크기는 5미터에서 10미터가 넘는 거대한 녀석들까지 다양하다.

그들은 먹지 못하는 것이 없으며, 그 중에도 인간을 가장 맛있는 먹잇감으로 생각하고 있다고 한다.

코도 예민하고, 귀도 예민하다. 그리고 어느 정도 지능이 있어서 사람의 말을 알아듣고, 먹잇감을 가지고 장난을 치기도 한다고 한다.

"자, 장난이요?"

─이런 말이 있지. 오우거를 만나면 자결하라. 그렇지 않으면 죽을 때까지 고통 받을 것이다.

사냥감으로 공놀이를 하거나, 도망치게 내버려둔 후 쫓아가서, 잡을 때마다 팔 하나, 다리 하나씩 뜯어먹고 숨이 붙어있을 때까지 가지고 논다고 한다.

그 말을 들은 경식이 침을 꿀꺽 삼켰다.

"뭐야. 영리한데요?"

─그냥 태생 자체가 사악한 걸세. 흘흘. 왕년에 내가 어릴 때 같이 모험하던 녀석과 오우거를 만난 기억이 나는군. 그때 우린 꾀를 하나 내어 오우거를 절벽 밑으로 떨어뜨렸지. 허헐헐. 왕년 생각나는군.

왕년 이야기를 들으면 어지간해선 딴죽을 거는 둘이었지만, 아직 설명을 들을 것이 있기에 이번에는 그냥 넘어가기로 했다.

웬일로 자신의 말에 딴죽을 걸지 않자, 왕년 노인은 신나서 계속 설명하기 시작했다.

—아무튼 오우거라는 녀석이 모든 몬스터들의 왕이라고 보면 될 걸세. 그것에는 아무런 이견이 없을 정도이지. 하지만 오우거가 없다면, 가장 강한 몬스터 후보 중에 트롤도 낄 정도야.

"그래요, 그 트롤 말이에요!"

—트롤. 아주 골치 아픈 녀석이지.

트롤이라는 몬스터는, 대략 3미터에서 크게는 6미터까지 자라나는 몬스터이다. 오우거에 비하면 아무것도 아닌 힘이긴 하지만, 힘을 내면 아름드리나무를 통째로 뽑아낼 수 있을 정도의 힘은 가졌다.

—하지만 유능한 기사단이라면, 트롤 3마리를 상대하는 것보단 오우거 한 마리를 상대하는 게 더 쉽다는 걸 알지. 아주. 아아주 골치 아픈 녀석들일세.

트롤의 자연치유력은 타의 추종을 불허한다. 팔이 잘려나가도 단면 부위를 갖다 붙이면 10초도 되지 않아 다시 붙어 버린다.

"아아, 아까 그래서 그렇게 얻어맞고도 재생을 한 것이었군요?"

—상당히 골치 아픈 녀석일세. 하지만 그것 말고도 있었잖나? 왜, 제이크가 당한 그것 말이야.

"아아, 그 냄새 공격이요?"

그 말에 제이크는 움찔 몸을 떨었다.

그 모습에 피식 웃으며 왕년 노인이 말을 이어갔다.

—물론 조금 전처럼 엄청난 냄새를 방향성까지 제시하며 버라이어티하게 쏘아내는 힘은 없네. 하지만 트롤과 싸우다 보면, 용사의 정신이 혼미할 정도의 노린내가 풍겨 나오지.

노린내.

말 그대로 짐승 따위의 것들이 풍겨내는 특유의 냄새였다.

[뭐 남자 겨드랑이에서 나는 냄새 같은 건가?]

그 말에 경식이 발끈했다.

"여자거든? 그래서 암내라 그러는 거거든? 여자가 더 심하거든? 아니면 남내라고 그랬겠지!"

[뭔 개소리야, 그건!]

—헐헐헐. 쨌듯 비슷하겠군. 트롤이 그게 유독 심하오. 그렇다고 격렬하게 움직이는데 코를 막으면서 싸울 수도 없고, 인상을 찌푸리면서 싸우는 게지. 계속 맡고 있으면 머리가 어지러운 걸 떠나 대략 정신이 멍해지지. 그래서 10분 녀석과

싸우면 2분은 쉬어줘야 될 정도이지.

"뭐야. 정말 엄청 번거로운 녀석이네요."

듣고만 있던 제이크가 불쾌한 표정을 지으며 말했다.

"다른 트롤과는 차원이 다릅니다. 지금껏 살아 숨 쉬었던 모든 트롤 중 가장 강력한 개체였을 테니까요."

"에…… 아는 트롤인가요?"

"에리오르슈 가문의 아홉 영혼 중 하나입니다."

제이크는 그 말을 끝으로 설명을 하지 않았다. 왜인지는 모르지만 뭔가 썩 기분이 좋지는 않아 보였다.

[지가 냄새에 당해놓고 꿍해 있긴.]

"뭐, 뭣! 지금 말 다 했나!"

[흥. 다 못했지만 뭐라고 그럴까봐 말 안 할 건데?]

"……끄응!"

제이크는 대꾸할 기분도 아닌지 앞으로 터벅터벅 걸어가기만 했다.

곧이어 경식 일행이 들어갔었던 애견 샵이 보이기 시작했다.

"저기서 오른쪽으로 더 가다보면 괜찮은 여관 하나가 있다고 했었죠?"

[아무래도 가야하지 않을까 싶은데? 강아지들도 걱정이 되구.]

"아무래도 그렇지?"

경식은 애견 샵에 들러서 괜찮은지 물어보려는 찰나였다.

누군가가 이미 먼저 샵에 들어와 이야기를 나누고 있었는데, 둘의 언성이 꽤나 높았다.

"왜 가게가 이 모양인가?"

누군가가 고개를 갸웃하며

"하하. 이거 참…… 저도 경황이 없어서 뭐라고 드릴 말씀이 없네요. 늑대 한 마리가 갑자기 들어와서는……."

애견 샵의 주인인 보르도가 한숨을 내쉬며 고개를 저었다. 얼굴에는 '말도 마세요, 저도 잘 몰라요'라고 말하는 듯한 표정이 새겨져 있기도 했다.

남자가 그 모습을 탐탁지 않게 보다가 한마디 한다.

"그건 잘 모르겠고, 내가 주문한 물품은 어떻게 되었나?"

그 말에, 보르도의 얼굴이 대번 굳었다.

"이곳은 물품을 취급하지 않습니다만? 어떻게 반려견을 물품이라 칭하시는지요."

"킁. 그래, 그 뭐냐. 그…… 루티에르 종 말일세. 그건 무사한 거겠지?"

마치 물건 다루듯 하는 말에 보르도의 표정이 더욱 안 좋아졌다.

"조금 전에도 말씀드렸다시피 어미가 죽어서, 굶어 죽어가는 상태입니다."

"휴우. 그러니까 효용성이 떨어지기 전에 나에게 달라는 말일세!"

"그럴 순 없습니다."

"뭐, 뭣?"

보르도는 단호했다.

"길드마스터님께선 지금 펑키를 키우려고 하시는 게 아니시지요? 제 말이 틀린가요?"

그 말에 길드마스터라고 불린 남자가 변명 같은 말을 하려다가 입을 다물었다.

"뭔가를 키우는 건 취미가 없어."

"그럼 왜 펑키를 분양하려 하셨습니까?"

"내가 그것까지 자네에게 설명해야 하나? 아무튼 난 그 녀석이 다 자랐건 말건 상관없으니 얼른 주게. 돈을 지불하겠다니까 그러네?"

"그럴 수 없습니다."

"어차피 어미가 없으면 굶어 죽을 녀석이야. 어디에 어떻게 쓰이든 무슨 상관이야?"

"……."

보르도는 말없이 길드 마스터를 응시하기만 했다.

길드마스터 역시 보르도를 뚫어지게 노려봤다.

"자네. 내가 누구인지 알고도 이렇게 강짜를 부리는 건 가?"

그 말에, 보르도는 우회하여 말했다.

"누구인지 너무 잘 알고 있습니다. 우엔 백작님께서 소개시켜준 인맥인데 어찌 모르겠습니까?"

"······?"

"우엔 백작님께선 4년 전에 저에게서 입양해 간 롤더를 매주마다 저에게 데려와 씻기십니다. 아, 롤더라는 녀석은 제 비법으로 만든 배합의 사료가 아니면 입에도 대지 않는 아주 까다로운 녀석이지요. 제가 녀석 때문에라도 이 일을 그만두지 못합니다. 제가 일을 그만두면 사료는 누가 만들겠습니까? 롤더가 굶어 죽게 만들 순 없죠. 다른 명문 귀족가에 분양 된 아이들 역시 마찬가지입니다. 제가 다 책임져야겠지요."

보르도는 말 그대로, '난 명문 귀족가에 인맥이 많이 닿아 있으니 너야말로 날 잘못 건들면 좋은 꼴 못 볼 거다'라고 말하고 있었다.

"이익!"

그것을 알아들은 길드마스터가 싱긋 웃었다. 눈은 전혀 웃지 않는, 입만 웃는 괴랄한 미소였다.

"오늘은 이만 물러가지."

"배웅은 않겠습니다."

"헹!"

길드마스터라 불린 남자는 문을 신경질적으로 닫았다. 쾅!

그러자 그 소리에 놀란 어린 강아지들이 끙끙 앓거나 짖어대기 시작했다.

보르도는 옅은 한숨을 내쉬었다.

그리고 그 광경을 유리 바깥에서 지켜보던 경식 일행과 눈이 마주치자 손을 흔들며 밝게 웃어 보인다.

"와. 왠지 불쌍하네."

[여기로 나오는데?]

"어, 어어? 왜지?"

보르도는 바깥으로 나와 경식의 손을 꼬옥 붙잡았다.

"아까 수잔나를 쫓아가신 것 같던데, 맞나요?"

그 말에, 경식은 사실대로 말했다.

"쫓아가긴 했는데, 잡지 못하고 놓쳐버렸습니다."

"아…… 그렇군요. 녀석. 갑자기 변한 것처럼 굴더니……

후우, 이러다가 정말 펑키가 죽겠는데요."

그리 말하며 입고 있던 상의의 단추를 몇 개 풀었다. 보르도의 품안에서 펑키가 고개를 쏙 내밀더니 주변을 둘러봤다.

여전히 지친 듯, 끙끙 앓는 소리를 내고 있었다.

[귀, 귀여워 현기증 날 것 같아!]

구미호가 귀여워 미치겠다는 듯 보르도 주변을 빙글빙글 돌았다. 물론 보르도가 그런 사실을 알 리가 없지만 말이다.

"귀, 귀엽네요."

"네에. 그렇지요. 이 녀석의 얼굴을 봐서라도, 수잔나를 다시금 보시게 되면 저에게 제보를 부탁드립니다. 찾아주시면 적잖은 보상도 드리겠습니다."

"물론이죠!"

"꼭 부탁드립니다."

부탁한다는 말을 할 때에는 경식이 아니라 제이크를 보는 보르도였다.

물론 제이크는 그런 보르도의 눈을 감흥 없이 받아넘겼지만 말이다.

"주인님의 뜻에 따를 거요."

"그렇다면 다행이군요. 여관은 제가 말한 곳으로 가시면 됩니다. 여러분들에게 무한한 행운이 깃들기를……."

그렇게 경식 일행은 보르도와 헤어졌다.

경식의 발걸음이 그리 경쾌하진 못했다.

"아무래도 그 녀석, 잡아야 할 것 같아."

[웅, 웅! 경식의 의견에 적극 찬성이야!]

─뭐, 어차피 그 녀석을 자네가 굴복시켜야 하는 것 아닌가? 우선 그 녀석을 찾는 게 급선무인 것 같네.

제이크가 인상을 찌푸리며 고개를 끄덕였다.

"다음번엔 냄새를 맡기 전에 끝낼 것입니다."

"죽이면 안 돼요."

"……."

제이크는 아무런 말도 없었다.

경식 일행은 보르도가 소개했던 여관에 도착할 수 있었다.

*   *   *

경식 일행은 보르도가 말해 주었던 여관에 도착했다. 여관은 꽤나 정갈했으며, 밥을 먹을 시간인지 이런저런 이야기로 북적대고 있었다.

원래 대부분 이 시간의 여관은 여행객들로 시끌시끌해야 옳았다. 여행객들 대부분이 용병 내지는 모험가들이며, 때문에 서로 노려보며 말 몇 마디 나누면 주먹다짐이 일어날 것 같은 분위기를 풍겨대곤 한다.

하지만 이곳은 바늘이 떨어지면 모두가 들을 수 있을 정도로 조용했다. 사람이 없는 것도 아니었다. 자리를 꽉 채우고 있을 정도로 많았다.

모두 경식 일행 때문이었다.

떡대 같은 제이크가 불쾌한 심사를 그대로 드러내며 살기를 줄줄 풍기는데, 그 누구도 그런 제이크 앞에서 입을 뻥끗할 수 없었다.

모두들 밥을 먹고 잠을 자러 올라가거나 다른 곳으로 술자리를 옮겼다.

여관 주인은 그 광경을 보고 울상을 지었다.

하지만 울상을 짓고 있는 것은 여관 주인뿐만이 아니었다. 경식 역시 우울했다.

받아들인 오크 신의 영혼이 자신의 말을 잘 듣지 않기 때문이다.

그는 자신의 가슴을 문질렀다.

정확히 여우 구슬이 자리를 튼 곳의 언저리였다.

"으아, 아직도 여기가 답답하네. 도대체 뭐지? 그 녀석은 왜 내 말을 안 듣는 거지?"

경식의 말에, 구미호가 한숨을 쉬었다

[네 영적 능력이 약해서 그렇지 뭐.]

"나는 엄청난 재능을 가졌다며? 그런데도 그래?"

[재능이 좋다고 했지. 힘이 세다고 하진 않았는데?]

재능은 높이 살만하다. 하지만 경식의 영적 능력은 미숙한 꼬맹이와도 같았다.

[자, 예를 들어보자. 지금 이곳에 우리 말고 누가 있지?]

경식이 주변을 둘러보고는 말했다.

"우리 말고는 여관주인밖에 없는데?"

[자세히 봐봐. 정신을 집중하고, 자세히 말이야.]

"……?"

경식은 눈살을 한껏 찌푸리며 주변을 둘러봤다. 그러자 허공에서 어떠한 희끄무레한 실루엣이 드러나기 시작했다.

"뭐지?"

[좀 더 집중해 봐.]

그런 말 안 들어도 계속 집중 중이다. 하지만 그 희끄무레한 것들은 더 이상 보이지 않았다.

"와, 힘든데? 방금 그것들 뭐야?"

[뭐긴 뭐겠어? 영혼들이지.]

구미호는 그런 말을 한 후, 경식의 가슴으로 달려들었다. 경식은 깜짝 놀라 어떤 반응을 하려 했지만, 그 전에 구미호의 몸 전체가 경식에게로 쏙 들어갔다.

경식의 머릿속에 소리가 울린다.

[자, 이제 봐봐.]

"……!"

경식의 주변에 다른 사람들이 비춰지고 있었다.

술병을 바라보며 입맛을 다시는 노인. 빙긋 웃는 어린아이. 그 어린아이를 웃음으로 바라보는 여인까지. 총 3명이 이 여관에 더 있었던 것이다.

아니, 몇 명이냐로 세기에는 어패가 있었다.

이미 이들은 죽은 영혼들이기 때문이다.

구미호가 경식의 몸에서 다시금 빠져나오자 그들이 보이지 않게 되었다.

"나. 영혼을 볼 수 있는 거 아니었어?"

[볼 수는 있는데, 모든 영혼을 볼 수 있는 건 아니야. 저 영혼들에게는 원한 같은 게 없기 때문이지. 굳이 세상에 존재감을 드러내려 하지 않는 영혼들이야. 그래서 네 눈엔 보이지 않는 거지.]

"뭐야. 이곳에 남는 영혼들은 모두 한이 있어서 남는 것 아니었어?"

[한이라고도 하지만, 미련이라고도 해. 이곳에 좋은 추억이 있는 사람들일 거야, 분명.]

"그런 경우도 있구나……."

[나쁜 영혼만 남는 건 아니니까. 이들은 자신이 만족할 만큼 있다가 성불을 할 거야. 별로 신경 쓸 것도, 자신들을 신경 쓰는 것도 좋아하지 않는 이들이지.]

"그래서 나에게 모습을 드러내지 않는 거구나?"

[그렇지. 아마 너에게 모습을 드러내는 이들은, 한이 있거나 뭔가 불만이 있어서 이곳에 남은 이들일 거야. 물론 그런 이들도 지금의 너에게는 희끄무레하게 보일 테지만 말이야.]

그리 말하며, 구미호는 빙긋 웃었다.

[그리고 그런 거 볼 필요도 없어. 내가 다 보고, 필요하다 싶으면 말해 줄 테니까. 아마 네가 그런 걸 다 보고 다니면 미쳐버리고 말걸? 아직 영능력이 그 정도가 안 되거든. 이 누나가 다 캐어해 줄게~]

"……퍽이나 고맙다. 흐음, 뭔가 불만인데?"

구미호가 볼 수 있는 걸 보지 못하고 있으니 뭔가 기분이 나빴다. 구미호는 그런 경식에게 다가가 꼬리로 그런 경식의 볼을 부볐다.

말은 안 되지만, 미지근한 뺨이 볼에 닿는 느낌이었다.

기분이 좋았다.

[그래도 영능력을 키울 필요는 있어. 그래야 그 오크 신이라는 녀석이 너를 업신여기지 않을 테니까 말이야.]

"그러니까. 그 영능력이라는 게 뭔데? 어떻게 키우는 거야?"

구미호가 그 말에 풋 하고 웃었다.

[내가 무당이야? 어떻게 알아?]

"……?"

[나는 요괴야. 너희들이 죽여서 영혼만 남긴 후 봉인한 요괴. 500년이 지났다고 해서 무당이 어떻게 힘을 키우는지 알리가 없잖아? 내가 무당도 아닌데.]

듣고 보니 맞는 말이긴 했다.

"그럼 뭐야 어떻게 해?"

[너, 무당 교육 안 받았다 그랬지?]

"응."

[그럼 못 키우는 거지, 뭐.]

경식이 입을 쩍 벌렸다.

"……뭐! 인마 그게 말이야, 방구야!"

[어머 다 큰 구미호한테 못하는 말이 없어! 방구라니. 방구라니!]

뭔가 알려줄 것처럼 굴더니 결국엔 '나도 모르는데?' 라고 말해버리는 판국에 뭐라고 말하랴?

그냥 어이가 없을 뿐이다!

왕년 노인이 그 모습을 그윽하게 지켜보더니 한마디 건넨다.

─헐헐헐헐. 둘 다 잘 노는군. 뭐, 나의 왕년 지식이 필요하겠지만 참아주게. 나도 왕년에 영혼은 부린 적이 없어서 잘 모르이.

그 말에 묵묵히 인상을 찌푸리던 제이크가 씩 웃으며 말했다.

"알 리가 없지. 가문 비전인데."

"비전이요?"

"그렇습니다. 영혼의 그릇을 키우는 건 가문의 비전입니다. 가문의 직계가 아닌 이상 알지 못하지요."

말인즉슨, 에리오르슈 가문의 사람이라면 알 수 있다는 말이었다.

"그럼 당신은 알겠죠? 영혼의 크기를 키우는 방법을!"

그 말에, 제이크는 빙긋 웃으며 고개를 끄덕였다.

"모릅니다!"

"뭐야!"

"하지만 아는 사람은 알고 있지요. 바로 당신의 소울메이트이자 저의 주군이신 에리오르슈 에리카님이십니다!"

"그럼 찾아가기 전까진 알 수가 없잖아요!"

결국 배울 방법이 없다는 건가?

그 말에, 듣고 있던 구미호가 말했다.

[그 여자애가 너에게 꿈에서 현신하잖아? 그럼 너도 가능하지 않을까?]

"……?"

모를 일이었다.

하지만, 시도해 볼 가치는 충분히 있어 보였다.

*　　　*　　　*

"어. 진짜 되네."

경식은 어이가 없다는 얼굴로 눈앞의 에리카를 바라봤다. 물론 에리카는 그보다 더욱 어이가 없다는 눈빛으로 경식을 바라보고 있었다.

"참 빨리도 찾아오는구나?"

"뭐야. 기다리고 있었어?"

"너의 몸 상태를 보면 네 영혼 상태도 알 수 있느니라. 그러니 네가 나에게 빨리 올 줄 알았지. 그런데 늦더구나."

에리카는 아무래도 경식이 자신이 할 일을 깨닫자마자 자신을 찾아주기를 바랐던 모양이다.

음. 너무 무리한 주문이군.

"이곳에 떨어져서 이것저것 하다 보니 그렇게 됐어. 그렇게 내가 오길 바랐으면 네가 찾아오지 그랬어?"

경식은 에리카와 만나고 싶다고 간절히 바라며 잠자리에 들었고 그 덕분에 에리카와 만날 수 있었다. 에리카가 경식에게 했던 것처럼 똑같이 따라했던 것이다.

에리카가 씁쓸하게 웃었다.

"내가 그럴 형편이 안 되는 건 네가 더 잘 알지 않느냐?"

"음 그럴 형편이라는 게……."

몸을 움직이지 못한다는 건 익히 알고 있었지만, 그렇다고 정신적인 교감도 하지 못할 정도라는 생각은 안 해봤는데?

그 생각을 읽었는지 에리카가 한숨을 푹푹 내쉬었다.

"나는 지금 내 자신을 유지하는 것만도 벅찬 상태이니라. 네가 눈을 감은 채 몇 년 동안 잠에 들지 못한다고 생각을 해 보아라. 얼마나 괴롭겠느냐? 차라리 죽고 싶다고 생각을 하면서도 마음대로 죽지도 못한다. 물론 죽을 생각도 애초에 없었지만 말이다."

"으음. 그래, 뭐 이제 방법 알았으니까 종종 찾아오도록 할게."

"대충 짐작은 가지만 그래도 물어보지 않을 수 없겠지? 무슨 용무로 찾아온 것이냐?"

에리카의 말에 경식은 머리를 긁적일 뿐이었다.

"너는 모르겠지만, 나는 무당…… 에, 그러니까 너희 가문에서 배운다는 그런 공부 비슷한 걸 배운 적이 없거든? 그런데 당장 흡수한 녀석이 내 말을 듣지 않더라고!"

말을 하다 보니 열이 뻗쳐올랐다. 아니, 내가 주인인데 왜 내 말을 듣질 않는 거지?

경식의 말에, 에리카가 피식 웃었다.

"네 말을 듣지 않는 건 당연한 것이니라. 너의 영력은 약하기 그지없고, 그렇기 때문에 업신여겨 보는 것이지."

"그래서 이곳에 온 거잖아? 영력인가 뭔가를 키울 방법을 모르니까."

"어렵지 않지만, 오랜 시간이 걸리는 일이기도 하지. 내가 배운 방법으로는 오랜 시간이 걸릴 것이니라."

"그래도 어쩔 수 없잖아?"

경식은 소리 없는 한숨을 쉬었다. 이건 뭐, 솔직히 말해서 짜증이 솟구친다. 또다시 집으로 돌아가고픈 마음뿐이었다.

에리카는 그런 경식을 바라보며 쿡쿡 웃었다.

"이 세상은, 있는 자가 더욱 많은 것을 소유하고, 없는 자는 아무리 노력을 해도 어쩔 수 없이 한계에 부딪친다. 그리고 나와 너는 이쪽 분야에서만큼은 '엄청 많이 가진 자'이다. 재능이라는 게 그만큼 무서운 것이지. 아마 시간만 주어진다면 너는 지금 네 안에 있는 영혼을 수월하게 다룰 수 있을 것이다. 내가 그랬던 것처럼 말이다. 하지만 그 재능을 불리는 방법을 모르니, 내가 가르쳐 줘야겠지."

"그러니까, 좀 가르쳐달라고요."

"호홋. 이리 오너라."

"끄응."

하여튼 실험실에 비치된 견본 같은 신세이면서 중전마마 같은 말투는 여전하군?

그런 생각을 하면서도 경식은 에리카에게 다가갔다. 그러자 에리카의 손이 경식의 이마를 짚는가 싶었다.

하지만 이마를 짚은 게 아니었다.

쑥! 하는 소리와 함께 에리카의 손이 경식의 이마를 뚫고 내부로 들어갔다.

"으, 으윗! 뭐냐 이게!"

"가만히 있지 않으면 대뇌의 전두엽을 두부로 만들어 버릴 것이니라!"

"사, 살려 주세요!"

뇌가 만져지는 감각은 그리 유쾌한 것이 아니었다. 상당히 불쾌해서 당장이라도 비명을 지르고 싶은 마음이다.

하지만 대뇌의 전두엽이 어쩌고 하는 꼬락서니를 듣자니, 도저히 불만을 말하지 못하겠다.

경식의 뇌를 직접 집은 에리카는 나지막이 읊조렸다.

"영을 부리는 방법 같은 건 없느니라. 영을 억압하고, 착취하는 방법만이 있을 뿐이지."

"......?"

"그들은 우리와 공존할 수 없어. 수평관계는 있을 수 없는 일! 사령의 보옥에 녀석들을 가두고, 채찍을 들고 그들에게 휘둘러야 한다. 가축을 채찍질하듯! 제대로 움직이지 않으면 더욱 아프게! 그래야 말을 들어먹는 족속들이야! 오홍홍홍홍홍홍!"

"......."

뭔가 엄청나게 가학적인 말을 아무렇지도 않게 하고 있었다.

"너에게 그 채찍을 만드는 방법을 가르쳐 주마. 재료는 이미 네 안에 있다."

스으으읏.

"으읏!"

말 그대로 두개골을 열어서 지식을 들이붓는 듯한 느낌이 들었다. 뇌리에 아로박히는 지식들!

그것은 바로 영을 억압하고 굴복시키는 비기였다.

"그리고 그 채찍을 더욱 단단하게, 더욱 아프게 만드는 비기를 가르쳐 주마. 이것의 이름은 소울 브리딩. 이름하야 영혼 호흡법이니라!"

또다시 밀려들어오는 지식!

그리고 그 지식을 모두 받아들인 경식이 이마에 맺힌 땀을 닦으며 말했다.

"이, 이 호흡법을 계속 하면 되는 거야?"

"계속 하면 너는 움직일 수 없느니라. 그냥 잘 때 이 호흡법을 하면서 자면 된다. 너는 분명 나와 똑같은 재능을 가지고 있을 터! 채찍을 강력하게 강화하여 영혼들을 속박할 수 있을 것이야!"

뭔가 희열에 찬 듯한 목소리. 어쩐지 더 이상 못 들어 주겠다.

경식은 좀 전부터 의문이던 것을 말했다.

"굳이 채찍질을 할 필요가 있을까?"

에리카는 어이가 없다는 표정이 되었다.

"그럼 어떻게 하느냐?"

"아니 뭐…… 좋잖아? 친구가 된다거나."

"푸훗. 모르는 소리를 하는구나."

에리카의 눈동자가 더욱 진지해졌다.

"그 녀석들은 자유를 원해. 당연한 것이겠지. 하지만 성불을 하기는 싫어하지. 성불 이후 그 녀석들의 존재는 흩어지기 때문이니라."

"……성불 이후?"

"그래. 죽은 후, 모든 생물들은 영혼이 되지. 하지만 영혼이 된 이후에 성불을 하여, 사후 세계로 갈 수 있는 존재는 오직 지성이 갖춰져 있는 '유사인종' 뿐이니라. 인간이나 엘프, 전설에서나 모습을 드러내는 드워프 같은 존재들이 그러하지. 그들은 자신들이 믿는 신이 있고, 그 신이 만든 천국 혹은 지옥으로 가. 하지만 몬스터들을 받아 줄 신 따위 없고, 영혼 상태에서 흩어지면 자아를 유지할 수 없게 되지. 진정한 의미의 '죽음'을 맞이하게 되는 것이니라."

대부분의 몬스터들은 죽으면 영혼으로 변하지 않고 바로 그 영혼이 흩어져 버린다.

하지만 몬스터들 중에서도 타의 추종을 불허하는 강력함을 가진 이들이 존재했다.

그들이 바로 사령의 보옥에 갇혀 있던 영혼들이다.

"녀석들은 자신의 존재를 유지하기 위해 산 사람, 혹은 생물에게 빙의하여 그 몸을 지배하지. 그리고 나선 무얼 하겠느냐? 이 세상에 패악을 끼치느니라."

다른 영체의 몸에 들어가면 당연히 패악을 끼친다. 그리고 자아를 유지하기 힘들어지면 다른 몸으로 옮겨 간다.

계속되는 패악.

세상은 피폐해져 간다.

"그런 녀석들을 가둬두는 것이 사령의 보옥이었다. 그리고 우리는 그 녀석들을 조련시켜서 말 잘 듣는 짐승으로 만들지. 그리고 부린다! 아주 잘! 열심히! 최선을 다해서다!"

열변을 토한 후 에리카는 싱긋 웃었다.

"그러니 그리 하면 된다. 알았느냐?"

"아, 으음. 아 우선 알았습니다요."

"그래야 내 소울메이트지."

에리카는 빙긋 웃었다.

그러고는 사라졌다.

말하지 않아도 경식은 그녀의 상태를 알고 있었다.

지금 에리카가 자신의 힘을 모두 주었다는 사실을 말이다.

그래서 힘을 모두 소진한 그녀가 경식의 꿈에서 나간 것이다.

"으음, 받기만 하는군? 어쨌든."

경식은 명상하듯 눈을 감았다. 그리고 뜬 순간, 그의 손에는 기다란 나뭇가지가 하늘거리고 있었다.

"이, 이게 채찍인가?"

휙휙. 휘둘러보는데 바람 소리가 꽤나 기분이 좋았다.

"이걸로 어떻게든 하면 되는 건가? 이걸로 영체들을 때리면 아프다고? 흐음……."

뭔가, 경식의 표정이 씁쓸해졌다.

Chapter 10
구출작전

[크르르르르.]

수잔나의 몸에 들어와 활개를 치고 있는 트롤의 신. 일명 붉은 어금니는 눈앞의 큰 건물을 노려보고 있었다.

저곳이 바로, 자신의 동지들이 갇혀 있는 감옥 같은 곳이었다.

[저곳에서. 무슨. 일을 당하는지…… 모르지만. 곧. 구해주겠다.]

이미 사료는 충분히 먹었다.

이 몸뚱이는 식성이 까다로워서, 그 강아지 사료만을 고집했다. 다른 것을 먹어도 전혀 영양분이 되지 않던 탓에 부득

의하게 고기 대신 사료를 먹은 것이기도 했다.

그것은 루티에르 종이 키우기 어렵고, 기르기는 더더욱 어려운 특성 때문인데, 사료에 일정 양의 마나석을 갈아 넣지 않으면 체내의 마기가 떨어져서 골골대다가 죽기 때문이다.

어쨌든, 때문에 사료가 있는 곳에 갔고, 사료를 전부 먹어 치워 몸을 회복할 수 있었다.

그리고 몬스터가 가장 강해지는, 두 개의 달이 보름달이 되는 시점인 오늘.

한밤중.

붉은 어금니는 동포들이 잡혀 있는 이곳으로 오게 된 것이었다.

[가서, 동포들을, 데려온다.]

하지만 그 역시 자신이 들어온 육체가 그리 강하지 않음을 알고 있었다. 그의 권능을 어느 정도 사용할 수 있긴 하지만, 이곳에 있을 인간들을 모두 이길 정도가 아니라는 사실도 알았다.

트롤태생 치고는 상당히 비상한 머리를 가졌다고 하겠다.

그는 될 수 있으면 조용히 일을 진행하고 싶었다. 그래서 건물 주변을 둘러보며 개구멍 같은 것이 있나 살펴보았지만, 찾을 수 없었다.

그렇다면 정면 돌파밖에 답이 없다.

물론 그곳은 경비병이 철통같이 지키고 있었지만 말이다.

"응? 저거 뭐야?"

경비병 하나가 입구로 다가오는 강아지를 바라보며 고개를 갸웃했다.

상당히 귀여운 강아지였다.

"아이야, 여기서 무얼 하고 있니?"

끼잉. 끼이잉.

뭔가 표정부터 불쌍해 보이는 강아지였다.

경비병의 얼굴에 아빠미소가 가득해진다.

"뭐야. 꼬리가 하난가?"

"하나 맞지. 그럼 두 개겠어?"

"방금 두 개였던 것 같은데……?"

붉은 어금니는 두 개의 꼬리를 하나처럼 보이게끔 딱 붙인 상태였다. 색도 검은 색인데 두 개가 나란히 붙으니 굵은 꼬리처럼 보였다.

꺄아앙. 꺄아우우웅.

붉은 어금니는 하나로 합친 꼬리를 살랑살랑 흔들어대며 갖은 애교란 애교는 다 떨었다.

워낙 귀엽다보니 무슨 짓을 해도 귀여워 보여서, 딱히 노력한 건 아니고 여기저기 발발거리다가 이쪽 경비병 다리에 붙고 저쪽 경비병 다리에 붙는 식으로 뛰어다녔다.

두 경비병의 얼굴에 함박웃음이 가득해졌다.

"허헣, 요 녀석 귀여운 거 보게."

"그러게 말이야. 헐헐. 유기견이라 냄새는 좀 나지만 참 귀여운 녀석일세."

왈왈! 핵핵핵핵!

그러는 중 붉은 어금니는 입구를 넘어 정원 쪽으로 달려가서 이리 구르고 저리 굴렀다.

경비병들 역시 그 행동을 이상하게 여기지 않았다.

"허헛. 그래도 우리가 경비인데 막아야 하지 않을까?"

"강아지가 무슨 지능이 있어서? 저러다 다시 돌아와서 알랑방귀 뀌겠지."

"오늘 야간 잘 섰네. 귀여운 녀석도 보고."

"그르게 말이야. 어? 어엇, 저 저! 얌마! 그쪽으로 가면 안 돼!"

후다다닥

조그마한 강아지가 빨빨거리다가 갑자기 정원 너머로 달려갔다.

두 경비병은 벙찐 표정을 지으며 그 모습을 바라보고만 있었다.

"제법 빠른데?"

"쫓아가야 되나?"

"벌써 사라지고 없구만 뭘. 뭐 별일 있겠어? 그냥 귀여운 강아진데."

"못된 놈들이 먹겠다고 해코지 할까봐 그러지."

"으음, 그건 좀 걱정이구먼. 근데 사라지고 없잖여."

"그건 그려."

두 경비는 대수롭지 않게 생각했다.

그 대수롭지 않은 일이, 어떤 결과를 초래할지 알지도 못한 채로 말이다.

＊　　＊　　＊

[톨톨톨. 멍청한. 인간들.]

붉은 어금니는 빙긋 웃으며 기민하게 움직여 앞으로 나아갔다. 중간 중간에 정원을 돌아다니는 경비병이 있었지만, 정원에는 숨을 곳이 많았다. 덕분에 눈에 띠지 않고 건물 외벽에 도착할 수 있었다.

건물 외벽을 한 바퀴도 돌기 전, 그는 나무로 된 입구를 찾을 수 있었다.

하지만.

[잠겨. 있다. 크르⋯⋯.]

문은 굳게 잠겨 있었다. 혹시나 해서 경비병들이 와서 열고 들어가진 않을지, 기대하며 은신해 있었지만 헛수고였다. 그렇다고 다른 문이 있는 것도 아니다.

[힘을. 써야. 하는가……]

붉은 어금니는 이를 악물며 뒤로 물러난 후, 추진력을 얻으며 문으로 달려들었다.

콰다다당!

나무로 된 문에 금이 갔다.

물론 붉은 어금니의 이마에도 커다란 금이 갔지만 말이다.

치이이이이익.

물론 살이 타는 듯한 소리가 나며 상처가 수복되더니, 이마가 멀쩡하게 돌아왔다.

역시 트롤 신의 재생력!

멀쩡해진 붉은 어금니는 다시금 뒤로 넘어간 후 앞으로 달려오며 들이받았다.

콰아아앙!

문이 산산조각 나며 깨져 나갔다.

안채로 들어오자 후끈한 열기와 함께 많은 것들이 느껴졌다.

인간들의 냄새. 그리고 동포들의 아우성이 조금 더 커졌다.

그리고 가장 중요한 동포들의 냄새.

미약하게나마 그의 코에 그것들이 포착되었다.

[크흘. 참아야. 참아야 한다!]

"뭐야! 이, 이게 무슨 꼴이야!"

"왜 문이……? 저 개는 뭐지?"

크르르르!

붉은 어금니는 기민하게 움직였다. 다행히 그가 빙의한 루티에르 종의 몸집은 작았고 날렵했다.

인간이 증오스럽긴 하지만, 눈에 보이는 인간들을 모두 죽이고 가기엔 시간이 촉박했다. 재빨리 동포들이 있는 곳으로 찾아가, 동포들을 데리고 빠져나와야 된다.

지금은 그 혼자이지만, 동포들에게 가서 동포들을 풀어 준다면, 수많은 동포들과 함께라면…….

[그때. 모두. 다 죽여주마. 모두들……!]

달리는 그의 코는 쉼 없이 벌름거렸다.

동포들의 체취가 풍기는 곳으로 계속해서 달려갔다.

"이 개새끼가!"

그러는 중 한 명의 경비가 창을 내질렀다.

너무 느렸다.

살아생전 죽음의 사선을 많이도 넘어 본, 트롤이라는 종족 중 가장 강력했던 객체인 그에게는 너무 느린 공격이었다.

하지만 이 몸은 그의 몸이 아니라 한낱 강아지의 몸이었다.

덕분에 미리 움직였지만, 살갗이 긁혀서 피가 흘러나왔다.

하지만 덕분에 접근하여 앞발을 휘두를 수 있었고, 그의 앞발은 경비병의 목을 긁어 동맥을 파열시켰다.

치이이익!

"끄아아아!"

비명을 뒤로한 채 앞으로 나아갔다. 동포들의 냄새는 이곳 어딘가로 연결되어 있었다.

그리고 찾은 입구.

그곳은 지하로 내려가는 여닫이 문이었다.

＊　　＊　　＊

지하 2층에는 횃불 말고는 아무것도 없어서 편했다. 단순히 생각해 보자면 이곳은 사람들이 자는 곳 같았다. 숙소 층이라고 해야 할까?

그래서인지 가는 내내 횃불 말고는 본 게 없었다.

물론 뜨문뜨문 지나다니는 경비병을 봤지만, '어, 어엇 뭐야 웬 개지?'라고 말하며 놀라는 사이에 그냥 지나쳐버렸다.

지금은 저런 조무래기들보다 동료들을 풀어 주는 게 더욱 급선무였기 때문이다.

이번 층에는 동포들이 없는 게 분명했다

그렇다면 다음 층이다.

다음 지하로 내려가면 동포들이 있다.

냄새로 구분을 해 보자면 대략 서른 정도다.

[모두…… 모두…… 죽인다……!]

이를 갈며 다음 층으로 내려가는 계단을 찾던 중, 그 계단에서 올라오는 인간 하나가 보였다.

"흠?"

자신을 보고 놀란 듯했다. 하긴, 갑자기 아무도 없는 동굴 같은 곳에 강아지 한 마리가 들어왔으니 놀랄 만도 하다.

붉은 어금니는 잠깐 상황 판단을 하다가 두 개의 꼬리를 오므려 하나처럼 만들었다.

일전의 경비병처럼 강아지인척 연기하여 기회를 엿보려는 생각에서였다.

하지만 남자는 붉은 어금니를 찬찬히 바라보더니 허리춤에 있는 검을 뽑아 들었다.

스릉!

"루티에르 종이군. 마스터께서 좋아하시겠어."

[크르르르!]

남자는 은빛으로 빛나는 갑주를 입고 있었다.

그가 알기로 그런 인간은 '기사'였다.

이 몸으로, 힘든 싸움이 될 것 같았다.

휘웅!

우선 기사는 그를 생포할 생각인지 검 집째로 검을 휘둘렀다. 물론 붉은 어금니는 그 공격 역시 느리게 보였지만, 그가 씌어져 있는 강아지의 몸뚱어리가 비루한 것이 문제였다.

퍼악!

그는 피한다고 피했다.

하지만 역시 강아지의 몸인데다 싱크로 율도 높지 않아서 그런지 힘껏 얻어맞을 수밖에 없었다.

깨갱 깽!

"흐음, 죽었나? 그럼 곤란한데."

기사는 심드렁하게 말하며 축 늘어진 붉은 어금니의 뒷덜미를 잡고 들었다.

붉은 어금니는 축 늘어진 채 가는 숨을 몰아쉬고 있을 뿐이었다.

"다행히 죽진 않은 듯하군."

그리 안심하며 기사가 온몸의 긴장감을 풀었다.

그리고 그때였다.

촤악!

축 늘어져 있던 붉은 어금니가 눈을 뜨고는 기사의 목덜미를 물었던 것이다.

갑옷을 모두 착용했더라면 목덜미 부분까지 방어할 수 있

었겠지만, 지금 그는 약식으로 흉갑만 겨우 착용한 상태였
다.

덕분에 목덜미가 훤히 보였고, 그곳을 강한 힘으로 물어뜯
은 것이다.

치이이이익!

"끄르륵. 끄르르륵!"

기사는 믿을 수 없다는 표정으로 비명조차 지르지 못한 채
무너져 내렸다.

무너진 후에도, 이 귀엽디 귀여운 루티에르 종에 빙의한 붉
은 어금니는 놓아 주지 않고 숨이 끊어질 때까지 문 목덜미
를 놓지 않았다.

끝내 기사의 맥박이 완전히 끊겼다.

뚝. 뚝뚝.

기사의 피를 입에서 뚝뚝 흘리며 붉은 어금니는 앞으로 나
아갔다.

지하 2층.

동료들의 체취가 지독할 정도로 풍겨 오는 바로 그곳이었
다.

*　　　*　　　*

"어으으…… 진짜 이 냄새는 적응이 되질 않는군요."

한눈에 보아도 고고학자 풍의 청년이 고개를 회회 저으며 눈앞의 것을 바라봤다.

크르르르.

눈앞의 것은 마치 살기를 포기하기라도 한 듯 추욱 늘어진 채였다.

눈빛은 죽어 있었다.

하지만 그런 그것의 오른팔에 느껴지는 맥동만은 강하게 뛰었다.

죽어가는 가운데에서도 강력한 생명력.

그것이 눈앞의 몬스터.

트롤의 가장 큰 장점이었다.

"그러니 이런 고생을 하지. 어이구 너희들도 불쌍한 녀석들이야 정말."

청년은 냄새를 원천봉쇄하는 가면을 쓰고 있었다. 전문용어로는 'STM'이라고 하는데, 그들 사이에선 이것을 '냄새가면'이라고 부른다.

그는 냄새가면을 쓴 채 조심스레 트롤에게로 접근했다.

그것을 지켜보고 있는 기사들 중 하나가 놀리듯이 말했다. 그들은 멀찌감치 떨어져 있어서 냄새가면이 필요 없는지 가지고 오지 않은 상태였다.

원래는 다 구비하고 다녀야 하지만 갑옷과 검, 방패만으로도 무거워 죽겠는데, 얼어 죽을 놈의 냄새가면이란 말인가? 꽤나 무거워 움직일 때 불편하기도 해서 잘 사용하지 않는 게 대부분 기사들의 몹쓸 습관이었다.

"조심하게. 그 녀석들의 생명력은 장난이 아니라서 아무리 강한 마취제를 투여했어도 의식이 살아 있다네."

"킁. 그런 말 안 해도 잘 알고 있습니다. 어디 한두 번 해 보는 짓이어야지요."

그는 피식 웃으며 능숙하게 트롤의 맥박에 꽂아 놓았던 바늘을 뽑았다. 그러자 칙! 하는 소리와 함께 한 줄기의 피가 흘러나왔다.

"아이고, 아까운 피."

청년은 정말 아깝다는 듯, 매번 하면서도 가끔씩 하는 이 실수에 대해서 자기 자신을 꾸짖었다.

트롤의 피가 얼마나 귀한 것인지 알면 한 방울도 흘릴 수가 없는 것이다.

아무튼 그렇게 '하루 분'의 피가 트롤에게서 뽑혔으니, 이제 이 트롤 역시 식사를 하고는 잠을 잘 것이다.

"뭐, 어쩌겠냐. 잡힌 게 죄지. 안 그러겠어?"

3리터가 넘는 피를 뽑아낸 청년이 그것을 기사에게 건넸다.

기사는 하품을 하며 그것을 받아 챙겼다.

"이걸로 마지막이지?"

"34마리. 모두 완료했습니다."

크아아아아! 크아아!

청컹!

철컹철컹!

마취를 한 후 가장 처음 뽑았던 트롤이 깨어났는지 아우성을 치고 있었다. 하지만 주먹 굵기의 강력한 쇠사슬은 그런 트롤의 사지를 철저히 옭아매고 있어서 아무런 짓도 할 수 없게 만들고 있었다.

이제 도미노가 그러하듯 차례대로 트롤들의 의식이 완전히 돌아오며 난동을 부릴 것이다.

물론 청년은 34마리가 수감되어 있는 거대한 감옥에서 나온 상태이겠지만 말이다.

"아이고, 그래도 이거 할 때마다 명이 줄어드는 느낌입니다. 연구를 해도 모자랄 시간에 이게 뭔 짓거린지."

"어쩌겠는가. 그쪽에선 자네가 막내라면서?"

"막내도 막내 나름이죠. 2년 동안 막내가 안 들어오는데, 제가 참 미치겠습니다."

"하하하! 뭐, 들어오겠지. 자네가 들어온 것처럼 말이야."

"그러겠지요. 이제 슬슬 누를까요?"

청년은 벽면으로 다가가며 손가락을 들어 보였다. 그곳엔 34개의 초록 버튼과 그 아래에 위치한 붉은 버튼이 있었다. 붉은 버튼은 1번 트롤부터 34번 트롤까지의 번호가 새겨져 있었고, 버튼을 누를 때마다 해당 트롤의 사슬과 문이 풀리며 바깥으로 나올 수 있게끔 되어 있었다.

그리고 그 아래에 있는 붉은 버튼.

이 두꺼운 유리 상자에 갇힌 듯한 버튼을 누르게 되면 1번부터 34번까지의 모든 트롤이 풀려나서 아우성을 치게 된다.

청년은 붉은 버튼을 누르려 하고 있었다.

기사가 그것을 제지했다.

"알겠지만 금방 부하 녀석을 보냈으니 곧 올 걸세. 우선 저 녀석들이 먹을 것들을 가져와야 처먹을 것 아닌가."

"응? 아직 안 가져왔나 보네요? 전 집중하느라 신경을 쓰지 못했습니다만."

"오늘따라 이 녀석이 뺑이를 치는지 늦는군. 이거 내가 나가 봐야 하나? 이럴 녀석이 아닌데."

언제나처럼 믿을 만한 부하 녀석이 하인들을 부르러 나간 지 꽤 되었다. 이제는 닭이니 돼지니 하는 고기들을 한 수레 끌고 하얗게 겁에 질린 하인들과 함께 와야 하는 시간인데, 녀석이 오지를 않고 있었다.

"제가 가 볼까요?"

다른 부하 기사 녀석이 일어섰다.

그는 고개를 끄덕였다.

"그래 보게."

그리고 부하 기사가 저벅저벅 위로 걸어간 지 얼마 안 되었을 때였다.

으아아아아아악!

우당탕탕!

올라갔던 기사가 계단을 굴러 떨어졌다.

그의 목덜미엔 피가 뿜어져 나오고 있었는데, 그 목덜미를 검은색의 무언가가 물어뜯고 있었다.

작은 강아지.

붉은 어금니였다.

[크아아아아앙!]

"……!"

기사의 눈동자가 당황으로 부릅떠졌다.

*   *   *

챠앙! 창창창!

기사단장이 검을 뽑아 들자 부하 기사들이 일제히 검을 뽑아 들었다. 단장을 포함한 9명의 기사가 일제히 눈앞의 강아지를 보았다.

　"방심하지 마라. 기습이었을 테지만 부하 둘이 당했다."

　슬픈 예감은 틀리지 않는다. 그리고 지금 그가 하고 있는 예감도 틀리지 않을 것이다. 그는 두 명의 부하를 잃었다.

　그리고 그 원흉은 저 강아지다.

　"빌어먹을 경비병은 무얼 했는가."

　씨근덕거려봤자 소용이 없었다. 우선 저 빌어먹을 악마를 죽이고 나서 생각할 문제였다.

　"대형을 갖춰라. 말 안 해도 알겠지만, 3번 대형이다."

　1번 대형은 대항전이다.

　2번 대형은 차징 공격을 할 때의 공격적인 포지션이다.

　그리고 3번은 멧돼지를 몰 때나 쓰이는 사냥 포지션이다.

　9명의 기사가 강아지 한 마리에게 3번 포지션을 사용하고 있었다.

　[크르르르!]

　붉은 어금니의 얼굴 표정이 좋지 않았다. 이래서 기다렸다가 기습을 할 생각이었는데……

　첫 기습은 좋았지만, 상대방이 너무 침착했다.

　'이래서. 인간의. 기사라는 것들이란!'

　살아생전의 기억이 새록새록 떠오르며 적개심이 불타올랐다.

하지만 그것과 반대로, 그의 머리는 나름 기민하게 돌아갔다.

지금 상황에서 그가 무력으로 저들을 이길 확률은 몹시 낮았다. 조금 전 두 명의 기사들도 재생력과 기습을 기반으로 죽일 수 있었다.

작은 강아지의 몸으로는 한계가 너무나도 명확했다.

'동포의. 몸을. 얻었더라면……!'

그게 안 되었으니 원통할 따름이었다.

그가 그런 생각을 하건 말건 간에, 대형을 잘 갖춘 기사들은 공격을 해오기 시작했다.

제 1조. 공격!

3명이 방패를 앞세워 돌격해 왔다.

방패는 막는 방어구이지만, 기사의 방패는 추진력으로 벽도 부숴 버리는 힘을 갖추고 있었다.

저것에 부딪치기만 해도 이 비루한 몸뚱어리는 버티지 못할 게 분명했다.

하지만.

'이 때를. 위해! 남겨 놨다!'

붉은 어금니는 온 힘을 다해 뛰어올랐다.

한 녀석의 방패가 그를 후려쳐 왔다.

붉은 어금니는 몸을 둥글게 만 후 방패에 몸을 부딪쳤다.

팡!

비장의 일격 치고는 꽤나 귀여운 소리였다.

그리고 그 공격은 붉은 어금니를 천장까지 날아오르게끔
만들었다.

천장은 기다란 돌 판으로 되어 있었는데, 오래된 모양인지
균열이 생긴 채 물이 뚝뚝 떨어져 내리고 있었다.

붉은 어금니는 정말 필사의 각오로 앞발을 휘둘렀다.

할퀴듯 휘두른 게 아니라 내지르듯 휘둘렀다.

그리고.

푹!

그의 작은 앞발이 성공적으로 균열에 파고들었다.

그러곤 대롱대롱 매달렸다.

"……흠!"

갑자기 생겨난 변수에 기사단장은 혼란스러워 했지만 아
주 찰나의 순간뿐이었다.

"검을 던지는 것을 허락한다. 1조, 준비한다."

기사는 검을 놓치거나 함부로 다루는 것을 수치로 여긴다.

하지만 상황에 따라선 달라질 수도 있다.

방패를 앞세우던 3명의 기사가 검을 역으로 쥐고 던질 자
세를 취한다.

지독하게도 객관적이고 실용적이다.

'그렇다면. 빨리!'

곧 붉은 어금니의 눈동자가 노란 색. 아니, 누런색으로 변하였다.

그리고 입을 연 순간.

콰아아아아아아아!

기분 나쁜 노오란 연기가 쏘아지듯 뿜어져 나와 주변의 모든 것을 잠식하기 시작했다.

검을 들고 금방이라도 휘두르려던 세 명의 기사가 눈을 부릅뜨며 토악질을 해대었다. 그것은 다른 기사들 역시 마찬가지였다. 그들은 검을 놓친 채 목을 부여잡고 뒤로 물러나며 뿜어내듯 말했다.

"무, 무슨 냄새가!"

"끄웩! 으웨에엑!"

"뭐 이런 똥 방구 내, 냄…… 우웩!"

모두들 토악질을 하며 비틀거렸다. 그리고 그것은 제아무리 기사단장이라 해도 마찬가지였다.

"그웨에에엑."

기사단장의 근엄한 표정은 온데간데없었다. 그는 그저 눈물을 흩뿌리며 좀 전에 먹은 저녁을 게워내기 바빴다.

[크르르. 멍청한 것들.]

아홉 명의 기사는 모두 쓰러진 채로 온몸으로 울고 있었다.

"으아아아아아악!"

붉은 어금니가 놀라서 소리가 난 쪽으로 고개를 돌렸다.

그곳엔 누군가의 뒷모습이 얼비쳤다.

[도망? 그게. 가능한가?]

자신의 노린내를 감당했단 말인가? 그럴 리가 없을 텐데?

어찌 되었건 지금 중요한 것은 그런 게 아니었다.

지금 중요한 것은,

눈앞의 동포들이었다.

끼잉. 끼이이잉.

붉은 어금니가 빙의한 루티에르. 수잔나의 눈망울에서 눈물이 뚝뚝 흘러내렸다.

크아아아!

크르라아아아아아!

그들은 이성을 잃은 채, 흉성만을 띤 상태로 비명을 질러대고 있었다. 우람한 몸체는 온데간데없고, 거대한 뼈대만 남은 앙상한 동포들.

[도대체. 이곳에서 어떤. 일을 당하고 있었던 .것인가!]

소리쳐 불러 봐도 들려오는 대답은 없었다. 그저 상처 입은 맹수의 흉성만이 붉은 어금니의 마음을 아프게 했다.

[구해. 주마. 나의…… 동포들이여!]

붉은 어금니는 벽으로 향했다. 쓰러져 있는 기사들이 신경 쓰이지 않는 것은 아니지만, 이제 동포들과 만났다.

서른넷의 동포와 함께,

이곳을 쑥대밭으로 만들 것이다.

붉은 어금니는 그때, 이 대가를 차근차근 받아낼 생각이었다.

[크르르르.]

그는 높이 도약하여 코를 이용해 서른 네 개의 버튼 중 하나를 눌렀다.

철컹!

그러자 동포 하나가 사슬에서 풀려났고, 누울 틈도 없을 만큼 작은(트롤 기준으로 작은) 감옥의 철창이 열렸다.

그렇다면 붉은 색 버튼은?

붉은 어금니가 앞발을 휘둘렀다.

파악!

버튼을 감싼 유리가 깨져 나갔다.

붉은 어금니의 코가 붉은 버튼을 때렸다.

팍!

철청철청철컹.

쩌쩡쩡쩡쩡쩡쩡쩡!

34개의 사슬과 문이 동시에 열렸다.

동포들의 흥성이 더욱 거대해졌다.

크아아아아!

34마리의 동포들은 저마다 흥성을 토해내며 이곳저곳 날 뛰었다.

이제 그들을 가둬두는 수단은 단 하나밖에 남지 않았다.

34개의 감옥을 가둬두는 가장 크고 거대한 창살.

붉은 어금니는 그 창살로 다가가, 창살의 문 부분에 해당하는 곳. 그곳에 돌기처럼 튀어나온 부분으로 다가갔다.

그리고 그것을 거세게 아래쪽으로 후려쳤다.

쭉!

끼거거거거거거걱!

톱니바퀴가 돌아가는 듯한 소리가 나며 거대한 문이 옆으로 벌어지기 시작했다.

사람 세 명이 나란히 서서 걸을 수 있을 정도의 넓이었다.

문이 열리며 굉음이 토해지자, 날뛰던 트롤들이 열린 문 쪽을 바라보았다.

붉은 어금니는 앞으로 걸어 나왔다.

그의 표정은 금방이라도 울 것처럼 일그러져 있었다.

[동포들이여!]

크아아아아아아아!

34명의 동포들이 일제히 함성을 지르며 붉은 어금니에게 달려왔다.

붉은 어금니의 얼굴은 환희로 가득했다.

그래.

그가 구한 것이다!

하지만 그들이 점점 가까워짐에 따라 붉은 어금니의 표정에 당황스러움이 묻어났다.

34명의 동포들.

그들의 눈에 얼비친 것은 타는 듯한 식욕이었다.

붉은 어금니의 눈동자가 점점 축소되어 갔다.

[의, 의잉?]

Chapter 11

에리카와는 다른 길을 걷다

"아이고~ 기분이 상쾌하구만?"

경식은 한층 고양된 기분을 느끼며 자리에서 일어났다. 기분이 좋았다. 비단 그것은 노숙이 아닌 여관 침대(라고 말해봤자 현대의 과학침대와는 비교가 안 될 정도로 베기지만)에서 잠을 잤기 때문이 아니었다.

바로 에리카에게 배운 소울 브리딩.

영혼 호흡법 때문이었다.

"아아, 머리가 맑다."

잠을 자면서 하는 영혼 호흡법.

물론 그것이 배운 첫 날부터 효과를 발휘하진 않았다. 효과가 아예 없는 것 같아서 '잘하고 잔건가' 싶은 정도였으니 말 다했지.

하지만 일주일이 지난 지금은 생각이 많이 달라졌다. 일어날 때마다 머리가 상쾌하고 온몸에 힘이 돋는 듯한 느낌!

그리고 세상이 한 층 더 맑아 보인다.

구미호는 그 현상을 보고 이렇게 설명했다.

[너의 영력이 깨어나고 있는 거야. 용케도 잘 배웠나 본데?]

"흐흐. 뭐 그런 거겠지. 영력이라는 게 그런데 이렇게 기분 좋은 거였나?"

뭐랄까, 사람의 기분을 좋게 만든다는 '엔도르핀'이 아침에 일어날 때마다 분비되는 느낌이 들었다.

그리고, 말로 설명하긴 뭣하지만 몸이 왠지 성장하는 것 같은 기분이 들었다. 키도 좀 더 커진 것 같고, 피부도 뭔가 좋아지는 것 같았다.

대한민국에선 클렌징 폼이니 스킨이니 로션이니 치덕치덕 처발라도 좋아지지 않던 피부가 이리 뽀샤시해 지니, 아주 잠시지만 이곳에 잘 왔다는 생각마저 들었다.

[네 몸은 확실히 좋아지고 있어. 아니, 좋아지고 있다기보다는 올바른 역할을 다 하기 위해 몸이 노력하고 있는 것이겠지.]

"선뜻 이해가 안 가는데?"

구미호가 그럴 줄 알았다는 듯 픽 웃었다. 마치 '그래, 넌 멍청하니까'라고 말하는 듯한 표정이었다.

[그럴 줄 알고 좋은 비유를 생각해 뒀지!]

"······그럴 거면 처음부터 좋은 비유로 예를 들라고!"

[호호홋. 번데기가 나비가 되면 어떻지? 바로 날 수 있니?]

"아니? 우선 날개를 말려야겠······ 아아, 그런 거야?"

구미호가 빙긋 웃으며 고개를 끄덕였다.

[그래. 지금 너는 날개를 말리는 중이야. 성장한다기보다는 뿅! 하고 생겨난 능력을 개화하는 단계이지. 그리고 일주일 정도 지났으니 나비의 날개는 다 말랐다고 봐도 돼. 이젠 지금처럼의 급성장은 없을 걸? 날개를 말리는 것과 날개의 크기를 키우는 건 완전히 다른 문제니까.]

거기까지 들은 경식이 고개를 세차게 끄덕였다.

"오케이 알았어. 알았으니까 나 지금 기분 좋으니 그런 말로 초치지 말아 줬으면 한다구."

[히힛. 그냥 그렇다는 거지~]

그리 말하며 배시시 웃는 구미호. 그런 구미호를 바라보며, 경식은 약간 불만이라는 듯 말했다.

"그리고 자는데 계속 쳐다보지 마. 신경 쓰여서 잠이 안 온단 말이야."

경식이 잠을 자려면 항상 조잘조잘 떠드는 게 바로 구미호였다.

[응? 내가 뭘?]

"그리고 도대체 왜 '자?'라고 물어보는 거야? 자려고 누웠지 놀려고 누웠냐!"

[야! 반경 20미터 내외로 벗어날 수도 없는데 말상대라도 좀 해 주면 덧 나냐! 난 잠도 없단 말이야!]

"난 있다고! 난 있어!"

[잘만 자더만! 넌 네가 코 어떻게 고는지 모르지?]

"아악! 내가 코 고는 걸 그윽한 미소로 바라봤을 걸 생각하니 소름 끼쳐!"

[그윽? 그으으윽? 억지로 들어야 하는 내 생각도 좀 해 주시지?]

─헐헐헐헐. 여전히 둘 사이는 좋구먼 그래.

갑자기 벽을 통해서 왕년 노인이 둘에게 다가왔다. 왕년 노인은 부유령이기 때문에 어디든 갈 수 있는 것이 장점이었다.

"아니거든요?"

[이게 어딜 봐서 사이가 좋아?]

─뭐…… 사람이 보는 시각에 따라 사이가 좋아 보일 수도 있지. 왕년에 내 동료들 중에 그렇게 으르렁거리던 녀석들

이 있었는데, 모험이 다 끝나고 나니 짝짝꿍이 맞아서 결혼을 하기도 하더군?

[어딜 누구랑 누굴 갖다 대?]

"왕년으로 꺼져버려요!"

―커흑! 다들 너무들 하는구먼!

왕년 노인이 도망치듯 자리를 비웠지만 아무도 신경 쓰지 않았다.

오히려 신경 서야 하는 건 창문 너머의 거대한 외침이었다.

주인니이이이이임! 수련 시간입니다아아아아아아아!

그 소리를 들은 경식이 허탈한 한숨을 쉬었다.

"아이고, 또 시작이네. 사람을 잡아요, 잡아."

구미호가 피식 웃으며 어깨를 으쓱인다.

[네가 못 해서 그런 거지, 확실히 도움 되는 거니까 빨리 가서 수련인지 뭔지를 받도록 해.]

"어휴."

경식은 한숨을 내쉬며 여관의 마당으로 내려갔다.

그 발걸음이 상당히 무거웠다.

*   *   *

"모름지기! 영력이라는 것은 선택된 자들만의 전유물입니다. 마나 따위와는 차원이 다르지요!"

마나가 무엇이냐는 질문은 제이크에게 가르침(?)을 받는 첫 날에 물어봤었다.

그리고 그 마나라는 것은 공기 중에 떠다니는 자연 에너지라고 제이크는 대답해 주었다.

이 세상에는 많은 생명이 존재한다.

그리고 그 생명들은 살아가기 위해 생명력을 띠고, 몸을 움직이거나(동물) 성장을 촉진(식물)하며 지낸다.

그들이 자신을 위해 쓰고도 남아, 향기처럼 내뿜는 것들이 '마나'라는 것이다.

그것으로 검사는 검에 오러라는 것을 덧씌울 수 있고, 마법사는 손에서 불을 뿜어내는 등의 마법을 사용할 수 있다고 한다.

하지만 경식에게 그런 마나라는 것은 별로 소용이 없는 것이라고 한다.

"주인님께서 다뤄야 하는 것은 영력입니다. 소울 에너지라고 하지요!"

소울 에너지는 이 마나라는 것과 비슷하면서도 다른 면이 있었다.

모든 생물은 마나를 뿜어낸다. 하지만 그 마나를 만들어내고, 생명의 주체가 되었던 것이 바로 '영혼'이라는 것이다.

이 영혼이라는 것이 참으로 웃긴 녀석이라 그 '끝'이 딱히 정해져 있진 않지만, 대부분 영혼들이 맞이하는 끝은 단 하나다.

흩어지는 것.

그리고 영혼들이 흩어지면서 남기는 힘이 바로 영력.

소울 에너지이다.

"영력은 마나와 차원이 달라요! 살아생전 쓰다 남은 찌꺼기가 마나! 살기 위한 에너지를 만들던 영혼! 그 차이는 식재료와 똥만큼이나 크지요!"

"비, 비유가 참."

비유가 참 더러웠지만 더러운 만큼 머릿속에 콕콕 박히는 말이었다.

"그러니! 영혼 호흡법으로 영력을 모으시고! 그걸 주인님의 영혼으로 흡수! 그 힘을 몸으로 쓰시면 됩니다!"

"아니 그러니까 그게 잘 안 된다니까요."

일주일 동안 계속해서 들은 말이었다.

영력을 사용하면 몸이 강해진다는 말.

제이크가 시범도 보여 줬었다.

"보십쇼!"

제이크가 눈을 감은 후, 정신을 집중했다.

경식은 그것을 보며 코를 후볐다.

처음엔 신기했는데 일주일째 보는 광경이라 감흥도 없었다.

분명 저러다가 합! 하면서 땅을 내리치면 땅에 금이 가며 쾅! 소리가 나겠지.

"아니 굳이 보여 주지 않아도 돼요. 여관 주인이 도대체 무슨 죕니까?"

과연, 제이크가 무서워 다가오진 못하고, 마당에 제이크의 주먹 자국이 일곱 번째 박히는 걸 목도해야만 하는 여관 주인의 표정이 처참하게 일그러지기 시작했다.

"아, 안 돼! 3대째 운영해 오던 나의 페가서스의 앞마당이!"

여관 주인이 울건 말건, 제이크는 또다시 바닥에 자신의 주먹 자국을 깊게 새길 생각인가 보다.

"하으엇!"

곧, 제이크가 감았던 눈을 부릅떴다.

그러자, 지금까지 경식이 보던 것과는 다른 광경이 펼쳐졌다.

스스스스스숫!

그의 몸 주변으로 아지랑이 같은 것이 넘실거리기 시작했던 것이다!

심지어 색깔도 있었다.

갈색!

"뭐, 뭐야. 웬 아지랑이지?"

그리고 제이크의 주먹이 내리꽂힌다!

콰아앙!

일곱 번째 주먹 자국이 마당에 새겨지며 주변이 가뭄이 든 것처럼 쩌저적 갈라졌다.

여관 주인의 마음도 쩌저적 갈라졌고 말이다.

"으어어어! 이 자식! 더 이상은 못 참는다!"

여관 주인이 달려와 제이크의 멱살을 쥐고 흔들었지만, 제이크는 여관 주인을 없는 샘 치는지 아무런 리액션도 취하지 않았다. 심지어 뿌리치지도 않아서 여관 주인이 제이크의 멱살을 쥐고 흔드는데, 흔들리는 것은 제이크가 아니라 여관 주인이었다.

그 광경이 퍽 웃겼지만, 경식은 그런 것에 신경 쓸 겨를이 없었다.

그는 자신의 의문점을 중얼거렸다.

"결과는 똑같은데, 과정이 다르다?"

결과는 똑같다. 어제도 봤듯이 땅바닥에 주먹이 새겨졌다. 딱 그 정도의 타격이었다.

그런데 과정이 달랐다.

제이크의 몸에서 아지랑이가 피어난 것은 이번이 처음이었던 것이다.

[아지랑이는 처음부터 지금까지 피어나고 있었는데?]

구미호의 말에 경식이 인상을 찌푸렸다.

"에이. 난 못 봤는데?"

[잘 아네.]

"……으잉?"

[못 본 거라고. 지금까지 보이질 않았으니까. 완전히 네 감각이 깨어나서 이제야 보이는 거지.]

어제까지는 나비가 날개를 말리는 중이었고, 오늘은 다 말랐으니 원한다면 그 날개를 쓸 수 있다는 뜻이었다.

그래서 제이크가 뿜어낸 영력이 보이는 것이었다.

듣고 있던 제이크가 쾌재를 불렀다. 그 표정이 기괴해서 '이제 슬슬 멱살을 풀어야 하지 않을까. 무서운데'라고 생각하고 있던 여관 주인이 화들짝 놀라며 도망쳤지만 제이크는 여전히 신경을 쓰지 않았다.

"호오! 제 영력이 보이십니까!"

"네. 분명…… 갈색 맞죠?"

"그렇습니다. 갈색 영력 내 영력!"

"영력엔 색깔도 있구나……."

"드디어 깨우치시다니. 이제 한 번 질러보시지요! 오늘은 왠지 될 것 같습니다!"

[그래, 한 번 질러봐 봐. 진짜 될 것 같은데? 너의 날개는 다 말랐다구!]

—어디 한 번 해 보게. 검사의 마나를 업신여기는 그 잘난 영력이란 것의 힘을 말일세!

어느새 돌아온 왕년 노인까지 합세하여 경식을 뚫어져라 바라보고 있었다.

"에, 뭔가 쑥스럽군?"

경식은 머리를 긁적이며 눈을 감았다.

그리고 제이크에게 일주일째 못이 박히도록 들었던 대로, '자신의 영혼을 끄집어내는 듯한 느낌'을 느끼려고 최대한 노력하면서 눈을 떴다.

"하얍!"

그러자 놀라운 일이 일어났다.

화아악!

생전 처음 느끼는. 하지만 왠지 친숙한 기운이었다.

그 기운이 가슴에서부터 시작하여 손끝과 발끝가지 퍼져 나가더니 온몸을 돌기 시작했다.

"주먹으로 기운 집중 하세요!"

기뻐서 어쩔 줄 모른다는 듯한 제이크의 말에 경식이 고개를 끄덕이며 그 힘을 꽉 쥔 주먹에 집중했다.

그러자 그곳에 아지랑이가 피어오르기 시작했다.

제이크는 온몸에 갈색 아지랑이가 피어올랐지만, 경식은 기껏 한곳에 모아야 아지랑이가 발산되었다.

경식의 아지랑이 색깔은 보라색이었다.

절로 웃음이 지어진다.

"멋진데?"

"바닥에 휘두릅시다!"

"아, 안 돼! 그럴 수 없어! 하지마! 안 돼!"

경식은 그냥 여관 주인에게 미안하기로 했다.

"돼!"

쿠앙!

땅바닥에 경식의 주먹이 새겨졌다!

"오오오오!"

물론 제이크 만큼 깊게 파인 것도 아니고 주변에 금이 간 것도 아니지만, 분명 인간이 할 수 있는 범주를 넘어선 짓을 한 것이었다.

"내, 내가! 내가 해냈…… 으어어엉."

말을 하다 말고 경식은 빈혈환자처럼 폴싹 쓰러졌다.

제이크는 걱정이 가득한 눈으로, 하지만 그럴 줄 알았다는 듯 말했다.

"영력에 눈을 뜨자마자 이 정도라니. 대단한 근성이십니다!"

"으으, 원래 이런 건가요?"

"두 번 정도가 한계이실 겁니다! 차차 나아지십니다!"

하긴. 몸을 움직이게 하는 원동력을 사용했다는 건데 이정도로 탈진하는 건 당연하다면 당연한 것이었다.

[고생했어.]

"으응."

―허헛. 대단하긴 하구먼. 마나를 제대로 다루려면 마나 호흡법을 몇 년은 꾸준하게 해야 하거늘. 왕년에 내가…….

왕년 노인이 다시금 허풍을 떨려는 찰나였다.

어느 한 곳을 뚫어지게 바라보던 구미호가 다급하게 소리쳤다.

[야! 네가 여기에 있으면 어떻게 해?]

휘청거렸던 경식이 머리를 털고 일어나며 고개를 갸웃했다.

"나한테 한 말이야?"

[아니. 얘한테! 아아, 너는 안 보이려나?]

구미호가 재빨리 경식의 몸속으로 파고들었다.

쑥. 하고 경식의 몸으로 들어간 구미호는 경식의 영안을 개화시켰다.

그러자 눈앞에 무언가 실루엣이 잡히기 시작하더니, 일전에 여관에서 다른 영혼들이 보인 것처럼 명확하게 보이기 시작했다.

눈앞에 있는 영혼은 강아지였다.

그것도 익히 아는 강아지.

루티에르종인 펑키였던 것이다.

"뭐야. 너 왜 여기에 있어? 죽었어?"

그 말에, 펑키가 울상을 지었다.

—끼이이잉. 끼잉. 끼우우웅.

"뭐래는 거지?"

경식은 반지가 없을 때에도 왕년 노인의 말을 이해했었다. 영혼과의 친화력이 상당하기 때문이다.

하지만 그것은 언어라는 것을 가진 지성체라서 그런 것이고, 이처럼 강아지의 말을 알아듣진 못한다.

하지만 같은 개과(?)인 구미호는 알아듣는 모양이다.

[어, 그래서. 그래서! 어떻게 됐어!]

"뭐라고 그러는데?"

[그걸 가만히 뒀니? 아이고, 그렇지. 넌…… 그래서 죽은 거야? 헙!]

"뭐, 뭔데?"

[아흑. 하흐흐흥. 불쌍한 녀석. 아흐허흥헝]

"저번에도 말했지만 소통 좀 하자, 소통 좀!"

[흐흐흐흑.]

구미호가 슬퍼서 흐느꼈다.

[결국 굶어죽었대애애.]

"어흑! 꺼, 꺼흐흡!"

경식도 울컥했다.

"흐끅. 어, 어미젖을 못 먹어서. 꺼흡, 구, 굶어 죽다니. 결국…… 너무 슬프잖아. 젠장. 너무 슬프다고! 크흐흑."

둘은 궁상맞게 흐느껴 울었다.

"……."

그것을 지켜보는 제이크와 왕년 노인은 둘째 치고, 당사견(?)인 펑키마저 불편한 표정을 짓고 있는 듯했다.

왕. 왕왕!

[으, 으응? 그것 때문에 온 건 아니라고? 그, 그럼…….]

와와왕왈!

[……뭐, 뭐야?]

"뭐래는데? 저 불쌍한 녀석이 뭐래냐고오!"

구미호의 목소리가 다급해졌다.

[그때 그 보르도라는 애견샵 주인 있지?]

"어! 그 아저씨가 왜?"

[지금 죽게 생겼데! 누군가 와서 그 사람 묶고 칼로 위협하고 난리도 아니라는데?]

"아니. 아침 댓바람부터?"

경식의 얼빠진 표정은 오래가지 않았다.

한시라도 빨리 움직여야 했기 때문이다.

경식이 냅다 달려갔다.

"흠! 역시 주인님은 의리가 있으시군. 같이 갑시다, 주인님!"

제이크 역시 그런 경식을 따라갔다.

―헐헐헐.

왕년 노인 역시 재미있다는 듯 웃으며 따라 나섰다.

*   *   *

경식 일행이 머물고 있던 여관 페가수스와 문제의 애견샵과의 거리는 그리 많이 떨어져 있지 않았다.

달리기 시작해서 5분도 되지 않아 애견샵에 도착했다.

…….

겉으로 보는 애견샵은 평화로웠다. 벽은 온통 유리로 되어 있었지만 커튼을 쳐서 아무것도 보이지가 않았다.

물론 자세히 들으면 강아지들의 울음소리가 들리는 듯도 했지만, 유리벽 너머 거리까지는 나오지 않았다. 신경을 곤두세워도 들리지 않을 정도의 작은 울림일 뿐이다.

"진짜 맞나? 엄청 한산해 보이는데."

하지만 이미 첩보(?)를 들은 후였다.

―내가 들어가 봄세!

도착한 왕년 노인이 벽을 넘어 들어갔다가 바로 나왔다.

표정이 그리 좋지 못했다.

―지금 그 보르도라는 사람은 손과 발이 묶인 채 입에도 재갈이 물린 상태일세. 후드를 깊게 눌러쓴 누군가가 단검을 들고 그에게 뭐라고 뭐라고 하는 중인데, 더 들어볼까?

"아뇨. 그것으로 충분한 것 같아요."

경식은 그렇게 말하며 저 문 안으로 어떻게 들어가야 할지 고민을 하게 되었다.

그 모습을 보고 있던 제이크가 시큰둥한 표정으로 유리 문 앞으로 다가가 섰다.

그러곤 뒤돌아 경식을 바라본다.

"부수고 들어가서 조질⋯⋯."

[잠까아안!]

제이크가 경식의 하명을 기다리던 때에, 구미호가 급하게 제이크에게로 달려왔다.

"뭐야. 왜 그래?"

구미호는 경식을 돌아본 후, 어색하게 웃어 보이며 제이크에게만 들릴 정도로 작게 속삭였다.

[너. 지금 문 부수려고 했어?]

"당연……!"

[쉬이잇. 조용히.]

"네가 뭔데 나에게……."

[아, 쫌!]

"명령을 할 수 있는 건……."

[쫌!]

"……."

제이크는 불만이 가득한 얼굴이 되어 나지막이 속삭였다.

"문을 부수고 들어가 암살자를 쳐 죽이려 하였다."

[그럴 줄 알았어.]

"알았으면 비켜라."

[그러지 말고, 경식이 하도록 놔두는 게 어때? 경식이가 성장을 해야 네 진정한 주인, 에리카를 구하러 가는 게 빨라지잖아?]

"흐음."

[온실 속 화초처럼 키울 거야? 네가 처음부터 끝까지 다 해 주면 경식이는 손가락 빨고 있어야 하잖아?]

"끄으으응."

제이크는 일리가 있다는 듯 잠시 고민하는 듯하더니, 괴롭다는 듯 고개를 끄덕였다.

"주인님에 대한 나의 의리도 중요하지만, 주인인님의 근성을 키우기 위해서?"

[뭐…… 그, 그렇다고 볼 수 있겠지?]

"좋다. 그래도 이곳은 내가 깨고 싶다. 그것까진 괜찮을 거다."

그리 말한 제이크가 손을 들어 올리며 말했다.

"전 이것을 깨기만 하겠습니다."

"응? 무슨 말이죠?"

"제가 곰곰이 생각해 봤는데! 주인님 성장하려면 제가 도움 주면 안 됩니다. 앞으로 전 가만히 있을 겁니다."

그 말에, 경식은 잠시 멍하니 있다가 얼떨떨하게 고개를 끄덕였다.

"그, 그래요! 원래부터 내가 하려고 그랬어요!"

씨익.

"그래야 내 주인님답죠!"

그 말에 괜히 기분이 고양되었다.

"헛헛헛! 당신의 주인에 합당한 사람이 되겠습니다!"

[아주 염병을 한다, 염병들.]

도착한 구미호가 못마땅하다는 듯 말했다. 구미호가 사주한(?) 것이지만, 사서 고생을 시킨다고 경식에게 미움 받기는 싫었던 것이다.

여우짓.

하긴, 꼬리 아홉 달린 여우라서 구미호인데 오죽할까?

[그런데, 너 오크 녀석을 잘 다룰 수 있겠어? 저번처럼 안 나타나거나 결정적인 순간에 힘을 빌려주지 않을 수도 있잖아?]

"끄응. 그건 다 생각이 있어."

[생각 있다는 것치곤 표정 되게 안 좋다, 너?]

구미호의 말에, 경식은 씁쓸하게 웃으며 어깨를 으쓱였다. 그리고 눈을 감으며 말했다.

"제가 신호를 줄게요. 그러면 문을 부수세요."

"여부가 있겠습니까!"

경식이 그 말을 끝으로 눈을 감았다.

그리고 자신의 내면으로 침잠해 들어갔다.

*   *   *

경식이 다시 눈을 뜨자 그곳은 아예 다른 세상이었다. 주변엔 아무것도 없었다. 온통 검은 풍경에 메마른 갈색 땅만이 황량하게 있었다.

그리고 그곳에, 무료한 듯 앉아 있는 실루엣이 보였다.

회색 피부는 나무껍질처럼 우둘투둘했고, 앉아 있어서 정확하진 않지만 앉은 키가 170은 되어 보였다. 눈동자는 회색이었는데, 그 눈에는 고집과 자부심이 깊게 베어 나왔다.

바로 오크들의 신이었다.

실로 한 종족의 신다운 면모가 풍겨 왔다.

"취익. 이곳까진 어인 일! 예상되지만 들어봐야 알 일! 취이 익!"

오크 신은 잔뜩 불만인 표정이었지만 경식을 해코지할 생 각은 없어 보였다. 하긴, 그가 있는 터 자체가 경식의 몸속인 데, 경식을 못살게 굴어봤자 아무런 이득이 없는 것이다.

경식은 오크 신 바로 코앞까지 다가간 후 자리에 앉았다.

"취익. 아무튼 무슨 일!"

"지금 급박한 상황이라 네 힘을 빌리고 싶어. 그런데 사실 너도 어떤 상황인지 대충 알고 있지 않아?"

모르긴 몰라도 결정적일 때 힘을 주고 빼앗는 걸 보면, 오 크들의 신은 경식과 시선을 공유하는 듯싶었다.

"취익. 흥!"

"그러지 말고 힘 좀 빌려줘. 내가 죽으면 너도 엄청 곤란해 지잖아?"

"거절한다. 취익!"

"도대체 거절하는 이유가 뭐야?"

경식 입장에선 억울한 면이 많았다. 기껏 자신 속에 자리 만들어 줬더니 들어와서는 제대로 상납(?)을 하지 않는다.

"아니 방에 들어왔으면 방세를 내야 할 거 아니야?"

"취익! 있는 것만으로도 고맙지! 게다가 난 있는 게 아니라 갇혀 있지! 취이익!"

오크의 우두머리였던 그의 입장에서 경식 같은 꼬맹이에게 묶여 있다는 것은 상당히 자존심 상하는 것이었다.

오크의 말도 일리가 있었다.

하지만 경식 입장에선, 오크를 떠나보낼 수가 없는 것이다.

"너, 갈 데도 없잖아? 내가 알기로 넌 공기 중에 오래 머물러 있으면 소멸한다며?"

"다른! 몸! 찾는다! 취이익!"

"네가 들어갈 만한 그릇이 있기는 한 거야? 너 정도 되면 들어가는 것도 쉽지 않을 텐데?"

"취이이익!"

오크는 말문이 막혔지만 그 말에 차마 수긍을 못하겠는지 벌떡 일어나 허공을 가리켰다.

"나가라! 취익!"

"힘을 빌려주는 거지?"

"웃기지! 마!"

"흐음. 말이 안 통하는군. 이러고 싶진 않았는데."

경식역시 자리에서 일어났다.

그리고 허공에 손을 펼쳤다.

그러자 공기 중에 기운이 모이더니 무언가가 만들어지기 시작했다.

그것은 2미터 정도 되어 보이는 길이의 채찍이었다.

경식이 그것을 허공에 휘둘렀다.

채찍은 마른 땅을 거세게 때렸다.

콰아앙!

"⋯⋯뭐, 뭐냐? 취익!"

흙먼지가 가라앉으며 보인 경식의 얼굴은 잔뜩 굳어 있었다.

"이곳은 내 심상세계야. 꿈같은 거지. 이곳에선 이거로 맞으면 상당히 아플 거다. 아마도."

"⋯⋯!"

오크의 피부가 굵어지기 시작했다.

쩌적. 쩍. 쩌저저적!

그리고 눈에도 살기가 얼비쳤다.

"취익! 감히 네가! 날 어떻게 할 수 있을 거라⋯⋯."

채찍이 단단한 오크의 피부를 때렸다.

퍼석!

취이이이이이익!

그 단단해 보이던 피부가 종잇장처럼 찢겨 나가며 초록색 피가 흩뿌려졌다.

경식은 씁쓸한 웃음을 지으면서도 윽박지르듯 말했다.

"말 안 듣는 짐승에겐 매가 약이지."

"크르르르!"

오크가 몸을 부르르 떨며 뒤로 물러났다.

"취익. 이래서, 인간이 싫다."

"어휴. 낸들 이러고 싶어서 이러냐?"

채찍을 든 경식의 손이 위로 올라갔다. 다시 한 번 오크 신에게 채찍질을 하려는 것이었다.

"취이익! 안 빌려줌! 빌려줘 봤자 한 줌! 취이이익!"

"끄응! 못해먹겠네."

경식이 한숨을 내쉬며 채찍을 집어던졌다.

채찍이 허공에서 가루 녹듯 사라졌다.

뒤이어 올 고통이 없자 오크 신이 눈을 떴다.

그곳엔 오롯이 경식만이 서 있었다.

"때린 건 미안해. 하지만 어쩔 수 없었잖아?"

"취이이익! 폭력 반대! 그러니까 너도 한 대! 취이익!"

그렇게 말하는 오크 신의 표정도 약간 누그러졌다.

경식이 한숨을 내쉬다가 뭔가 깨달은 바가 있어 말을 이어갔다.

"너는 내게 힘을 준다. 그렇지 않으면 너의 힘이 준다. 왜냐면 내가 죽으면 너 역시 이곳에 있을 수 없기 때문이다. 이것은 정말 복잡하지도 않은 이지선다(二枝選多)!"

"……취, 취익?"

오크 신이 얼빠진 눈으로 경식을 바라봤다.

경식은 씩 웃으며 마을 계속했다.

"너의 말 이어가는 방 식! 그것은 내 세계의 랩퍼들이 자주 쓰는 상 식! 우린 그것을 부른다, 라 임! 네가 하는 것 역시 라 임! 그리고 네가 하는 건 너무 적정수위. 라임으로 따지면 내가 너보다 한 수 위!"

"취, 취이이익!"

놀란 오크신이 급기야 엉덩방아를 찧었다.

"취익! 대, 대단할 건 없지! 하지만 인간의 그런 말투는 처음이지!"

"그래 네가 본 건 그야말로 기 적! 너와 내가 합쳐지면 또 항상 만들어지는 그 기적! 하지만 너는 이기적. 때문에 우리가 할 수 있는 일은 한! 정! 적!"

"취이이잉……."

오크신이 앓는 소리를 내었다. 갑자기 자신의 말투를 따라 하는 경식에게 감화된 탓이다.

경식은 때를 놓치지 않고 손을 내밀었다.

"너와 나의 잡은 손이! 너와 나의 연결 고리! 그건 우리 만의 의리!"

"취익! 우리 만의 의리!"

"그렇지!"

"취이이익!"

뭔가 감화된 오크신이 당장에 경식이 내민 손을 덥썩 잡았다.

화아아악!

Chapter 12

암살자 제압

경식이 감았던 눈을 떴다.

검은색이던 그의 눈동자가 짙은 회색을 띠었다.

어느새 그의 피부는 옅은 회색이 되어 있었다.

"후우우우."

경식이 한숨을 내쉬며 눈을 뜨자, 그것을 보고 있던 구미
호가 말했다.

[심했어. 채찍이라니. 하지만 마지막엔 놀랍던데?]

구미호 역시 경식의 몸에 여우 구슬을 심었기 때문에 경
식이 한 짓(?)을 볼 수 있었다.

경식이 어깨를 으쓱였다.

"응. 나도 채찍은 좀 그랬어."

[그래도 다행이다. 잘 돼서. 우선 힘을 얻은 거지?]

"이번엔 괜찮을 거 같아."

경식이 제이크에게 말했다.

"갑시다!"

"기다리고 있었습니다!"

콰앙!

유리창이 깨졌다.

경식은 일렁거리는 커튼 안쪽으로 몸을 던졌다.

그리고 던지자마자 무언가가 그에게 날아왔다.

그것은 검이었다.

검에 경식의 살이 베였다.

크가가각!

아니, 베였다기보다는 긁혔다고 하는 게 맞는 표현이다.
경식의 몸이 단단해서 검이 뚫지 못했으니까.

'어둡다!'

아무것도 보이지 않았다.

하지만 암살자는 경식이 제대로 보이는지 계속해서 공격
해 들어왔다.

슥!

사악!

싹!

첫 번째 공격은 피했지만 두 번째 공격부턴 맞아버렸다. 아마 오크의 힘이 아니었다면 벌써 검이 경식의 몸에 담가졌을 것이다.

"이익 보이질 않잖아!"

—커튼을 다시 걷게! 햇살이 들어와야지!

왕년 노인의 일침에 경식은 뒤로 물러나며 커튼을 쥐었다. 어찌나 공격이 빠른지 그러는 동안에도 몇 번이나 베였지만 이제 그것도 끝이다.

촤아악!

커튼이 걷히며 빛이 들어왔다.

빛이 들어오자 키 180쯤 되어 보이는, 로브를 푹 눌러쓴 남자가 두 개의 검을 들고 경식을 노려보고 있었다.

읍! 읍읍!

그리고 그 옆에는 꽁꽁 묶인 보르도가 놀란 듯 경식을 바라보고 있었고 말이다.

[당황하지 마! 저 녀석만 족치면 돼!]

"알았어!"

"흥!"

후드를 눌러 쓴, 암살자는 이를 드러내며 경식에게 달려왔다.

하지만 암살자의 위치는 이미 발각된 상태!

경식의 입이 벌려졌다.

크앙!

충격파가 암살자의 가슴을 정통으로 때렸다.

"크윽!"

암살자가 침음성을 흘리며 뒤로 물러났다.

경식이 그런 암살자에게 달려들었다.

암살자는 그런 경식의 목을 향해 두 개의 검을 가위처럼 베어 왔다.

경식은 그것을 피한 후 안쪽으로 파고들며 암살자의 오른팔을 잡았다.

그러고는 오크 신이 그랬던 것처럼 몸을 한껏 말며 집어던졌다.

엎어치기!

까가각!

암살자의 등이 바닥에 닿았는데 쇳소리가 울렸다.

갑옷을 입고 있다는 이야기였다.

"맘껏 쳐도 되겠네."

경식이 암살자에게 올라탔다.

그의 온몸에 둘러져 있던 회색 소울아머가 주먹으로 모이며 짙어졌다.

마치 회색 돌장갑을 낀 것 같아 보인다. 경식이 이를 씩 드러내며 웃었다.

"명치 겁나 세게 맞아봤냐?"

도리도리!

"옛다!"

빠가각!

"크허억!"

명치 겁나 세게 얻어맞은 암살자가 입에서 피를 토해내며 뒤로 나자빠졌다.

핑~

경식 역시 머리가 핑 돌아서 약간 휘청했지만, 처음처럼 엉덩방아를 찧거나 하진 않았다.

"후우, 제압했어요!"

그것을 바라보던 보르도가 침착하게 고개를 끄덕였다.

눈동자에는 감사의 마음이 가득 담겨 있는 채였다.

경식의 입에도 웃음이 머금어졌다.

"히히."

기분이 좋았다.

* * *

"유리창 깨드려서 죄송해요."

"아이고 무슨 말씀이십니까? 그러지 않았으면 제가 죽을 뻔했는데요. 그나저나 의외였습니다. 이, 이런 힘이 있으실 줄이야."

보르도는 고개를 내두르며 눈앞에 쓰러져 있는 이를 주시했다. 후드를 눌러썼던 암살자였는데, 후드를 벗겨 보니 되게 평범하게 생긴 중년인이었다.

중년인은 가슴을 가릴 정도의 흉갑을 입고 있었는데, 명치 부근엔 주먹 자국이 선명하게 나 있었다.

바로 경식의 솜씨였다.

"죽은 건 아니겠지?"

─죽진 않았을 걸세. 하지만 가슴뼈가 모조리 부서졌을 테니 한동안 움직이진 못하겠지.

"흐음. 그렇겠죠? 다행이다."

─으음? 뭐가 다행이라는 건가? 아아, 역시 왜 저 자를 협박하려 했는지 이유를 알아내야 하기 때문인가?

"그런 이유도 있고요."

─이유도 있고. 무엇인가?

경식은 왕년 노인을 바라보며 머리를 긁적였다. 너무나 당연한 걸 물으니 할 말이 없어지는 것이다.

"사람 죽이는 게 그럼 좋아요?"

—그걸 몰라서 내가 묻는 것 같나?

"그럼요?"

—앞으로도 이런 일이 많이 있을 거라는 걸세. 그때마다 사람 안 죽이겠다고 하다가 자네가 위험해질까봐 그러는 게지.

"으음, 그렇게 위험한 세계였습니까?"

—자네가 하려는 짓은 아마 위험할 걸세.

"좀 더 조심하죠, 뭐."

—뭐…… 허허. 알아서 하게. 왕년에 자네 같은 생각을 했을 때가 있어서 한 말이었네. 신경 쓰지 말게나.

그렇게 말했는데 신경 안 쓰이면 그게 더 이상한 것이다.

"으음, 그나저나 이 사람 깨워야 할까요?"

그 말에, 보르도가 고개를 끄덕였다.

"나를 왜 죽이려 한 건지 알아야겠습니다. 연금술사 길드에서 왜 나를 건들였는지…… 이해가 가질 않는군요."

"연금술사 길드에서 보낸 암살자인지 어떻게 아세요?"

"거기밖에 암살자를 보낼 사람들이 없기 때문이지요. 하지만 왜 그러는지는 모르겠군요. 이미…… 펑키가 거의 죽은 마당에 말입니다."

보르도는 그리 말하며, 구석에 있는 강아지 우리를 바라봤다. 그곳에는 펑키가 편안히 자고 있는 모습으로 숨을 쉬고 있었다.

아직 죽진 않았지만, 거의 식물강아지(?) 상태인 것이다.

[어흑. 펑키야, 너야, 저게.]

꾸이으응.

영혼이 된 펑키가 울상을 지으며 어쩔 줄을 몰라 했다.

경식은 그 모습을 보며 안쓰럽다는 생각과 함께, 상황과 맞진 않지만 귀엽다는 생각도 해버렸다.

그런 생각을 하는 중에 정신을 잃었던 암살자가 깨어났다.

그리고 처음으로 한 말이 이것이었다.

"넌 누구냐!"

"헐."

아니 남의 집에 와서 집 주인 죽이려고 했으면서 하는 말이 '너 누구냐' 라고 한다.

어이가 없어서 사나운 표정을 지었더니, 이번에는 흠칫 놀라면서 말한다.

"저, 정체가 뭔지는 모르지만, 날 죽이려는 것이 아니라면 모든 걸 다 말하겠다!"

[뭐야. 너무 쉽잖아?]

"그러게. 너무 쉽네."

경식의 표정이 좋지 않자, 암살자가 다급하게 말했다.

"나, 나는 고용된 사람이지 그 사람을 섬기거나 하는 것도 아닌데, 이 정도면 됐지!"

"하지만 당신은 이분을 죽이려고 했잖아요?"

암살자의 표정이 더욱 다급해졌다.

"그, 그렇지 않다. 그랬으면 벌써 죽였지!"

듣고 있던 보르도가 고개를 저었다.

"그런 것치곤 저에게서 사료 배합법을 가르쳐 주지 않으면 죽이겠다더군요?"

"엥? 사료 배합법이요?"

경식의 얼굴이 싹 굳었다.

"그딴 걸로 사람을 죽이려고 해요?"

"아, 그, 그게⋯⋯."

암살자가 한숨을 내쉬었다.

"모, 모두 고용주가 시킨 일이다."

"그러니까 그 고용주가 누군데요?"

"⋯⋯그건 업무 기밀이라 말을 할 수가 없지만⋯⋯."

"연금술사 길드마스터죠?"

"험!"

"맞나보네."

"⋯⋯."

"아는 거 다 털어놔 봐요. 그렇지 않으면 정말 죽을 수도 있어요."

그리 말하며 경식이 암살자와 눈을 마주쳤다.

그리고 검은 눈동자를 감았다.

뜬 순간, 그의 눈동자는 진한 녹색이 되어 암살자를 뚫어져라 응시했다.

"흐음."

그리고 그 뒤엔,

2미터가 넘는 거구가 모든 햇빛을 가린 채 그를 노려보고 있었다.

바로 제이크였다.

덜덜덜덜.

"무, 무엇이든 물어봐, 보면 대답을 해 주겠다."

[그런데 뭐 암살자가 이래? 막 고용주의 신상을 밝힐 바에는 차라리 죽어버리겠다! 이런 거 없어?]

—왕년에 내가 만났던 암살자는 어금니 속에 독약을 숨겨놓고 있다가 나에게 잡히자 깨물어 자살을 한 독한 녀석도 있었는데, 이 녀석은 강단이 없구먼. 싸구려 암살자인가 보네.

물론 두 영혼체의 야유를 그가 들을 수 있을 리가 없었다.

그는 벌벌 떨며 자신이 알고 있는 사실을 말하기 시작했다.

대부분 경식이 질문을 하고, 대답하는 식이었다.

우선 짐작대로 연금술사 길드의 길드마스터가 보르도를 암살하려고 했던 게 맞았다.

그렇다면 도대체 왜 보르도를 죽이려 했을까? 이 선량한 사람을?

정말 사료의 레시피가 궁금해서?

아닐 것이다. 다른 이유가 있을 것이다.

그리고 그 이유 역시 술술 흘러나왔다.

"모, 목적을 달성했으니 죽여도 된다고 길드 마스터가 말하더군. 그래도 사료 배합법은 연구에 가치가 있으니 알아두는 것이 좋다고, 죽이기 전에 꼭 알아 오라고 그랬다."

물론 경식이 나서서 그 임무엔 실패했지만 말이다.

하지만 경식 일행이 이 사건에 대해 몰랐으면, 보르도는 꼼짝없이 죽을 뻔했다.

[아이구우, 그래서 주인아저씨 죽을까봐 이렇게 찾아온 거였쪄요?]

―헐헐헐. 참 기특한 강아지로구먼.

왕왕. 왕와왕!

영혼이 된 펑키가 꼬리를 거칠게 흔들며 긍정했다.

그것을 묵묵히 듣고 있던 보르도가 인상을 찌푸렸다.

"목적을 이뤘다는 게 무슨 뜻이죠? 그 사람의 목적은, 이 아이였을 텐데요."

보르도는 쌔근쌔근 자고 있는 듯한 펑키를 바라보며 한숨을 쉬었다.

암살자는 이곳에 올 때부터 펑키는 안중에도 없었다. 그저 보르도를 제압한 후 재갈을 물리고 사료의 레시피를 물어봤을 뿐이다.

"재갈을 물리고 조합식을 물어봤다고요?"

"그렇다."

"재갈을 물렸는데 어떻게 말해요?"

"……"

"이건 관계없는 질문이긴 한데, 왜 당신 같은 얼빠진 사람이 고용된 거죠?"

"……"

암살자가 허공을 응시하며 잠시 생각하다가 말했다.

"……싸서?"

"……"

그 말에 보르도가 어이없어서 웃었다.

"연금술사 길드 마스터는 구두쇠로 유명합니다. 아마 이 사람이라면 저를 죽일 수 있을 정도는 될 거라고 생각했나 봅니다. 그나저나 저는 길드 마스터의 목적이 이뤄졌다는 것이 더 궁금하군요. 루티에르 종은 펑키 말고는 적어도 이곳엔 없을 텐데요?"

"일주일 전에, 길드 건물로 들어와서 난동을 피운 녀석이 있었다. 그 녀석의 종이 바로 루티에르였다."

"……?"

경식의 눈썹이 다 꿈틀거렸다.

"잠깐만? 뭐라고요? 루티에르 종이 하나 더 있었다고요?"

"혹시 그 녀석, 검은 색이었습니까?"

두 명의 질문에, 암살자가 고개를 끄덕였다.

"그, 그렇다. 엄청 냄새가 나는 녀석이었던 걸로 기억하는데……."

"그 녀석 지금 어디 있습니까!"

경식이 더 흥분해서 외쳤다.

"기, 길드 마스터에게…… 있을 거다. 그, 그런데 네가 왜 그렇게 화를……?"

보르도도 그게 좀 이상했는지 경식을 보았다.

하긴, 남들이 보기엔 경식이 이렇게 흥분하는 이유를 모를 것이다.

하지만 경식은 흥분할 만했다.

＊　　　＊　　　＊

우선, 보르도는 치안 경비대에 암살자를 넘기려 하였다. 하지만 그것을 경식이 저지했다.

이유는, 경식이 연금술사 길드에 잠입하기 위해서였다. 보르도는 무슨 소리를 하냐는 식이었지만, 경식의 계획을 듣고, 그 계획을 실행하는 이유를 듣고는 납득했다.

"잘 부탁드립니다. 사례는 기필코 하겠습니다."

이런 소리까지 들었다.

우선 보르도는 애견 삽을 정리하고, 경식은 암살자를 페가수스의 자신들의 방으로 끌고 와 일단 감금시켰다.

"읍! 읍읍!"

암살자는 울상을 지은 채 경식과 제이크를 바라보고 있었다.

제이크와 경식이 허공에 대고 이야기를 나누자, 미친놈들인 줄 알고 더욱 불안해하는 모습이 과연 싸구려 암살자다웠다.

"그 루티에르 종. 분명 수잔나일거예요."

그리고 그 수잔나의 안에는 붉은 어금니라고 불리는 트롤 신의 영혼이 들어 있다.

[그 녀석, 왜 거기에 있지? 동포를 구한다느니 어쩐다느

니 하면서 왜 연금술사 길드에 가서 잡혀 들어간 거야?]

―허허. 이제야 이해가 좀 되는군. 그런 거였어.

[이 노인네야! 왕년 이야기만 장황하게 하지 말고 이런 거나 잘 설명을 해 봐. 이해가 간 부분이 어떤 부분인데?]

왕년 노인이 피식 웃었다.

―헐헐. 나만 아는 부분인가 보군? 이거 말 안 하면 왠지 자네들 궁금해서 화병 날지도 모를 것 같은데, 아니 그런가?

왕년 노인의 능글맞은 말에, 구미호가 정색했다.

[알고 싶긴 하지만 듣지 않겠어. 이제 네 말은 하나도 안 들을 거야. 왕년이 어쩌고 어쨌든 나랑 경식이는 절대 안 들을 거니까 알아서 해.]

―원 농담도 못하는가?

왕년 노인의 설명이 이어졌다.

―연금술사 길드의 주 수입원은 포션 장사라네.

"포션이 뭔데요?"

"직접 보여드리죠!"

제이크가 씩 웃으며 자신의 배낭에서 무언가를 꺼내었다.

붉은 액체가 담긴 유리병이었다.

"이것이 포션인가요?"

"그렇습니다. 이것을 먹거나 바르면 자연치유력이 좋아집니다."

"후시딘 같은 건가요?"

후시딘이 뭔지 이들이 알 리 없다.

"백문이 불여일견!"

제이크가 배낭에서 단검을 꺼내어 역수로 쥐었다.

그리고 자신의 왼팔을 찍었다.

"자, 잠깐만요!"

푸학!

"이 정도는 근성으로 버틸 만합니다!"

"그, 그러시겠죠. 그나저나 깊게 베였는데요?"

못해도 한 달은 고생할 상처였다. 다 낫고도 흉터가 남을 것 같았다.

하지만 제이크는 걱정 없다는 투였다.

"보시죠."

제이크가 포션의 뚜껑을 열고 한 모금 들이켰다.

꿀꺽!

포션의 1/3정도가 말끔히 없어졌다.

그리고 1분 정도가 지났을까?

치이이이이익.

뭔가 타들어 가는 듯한 소리와 함께 베여진 제이크의 팔에 새살이 돋아나더니 원래대로 돌아왔다.

"오오오오오!"

"이게 바로 포션의 힘입니다."

─그리고 연금술사 길드에서 팔지. 저거 한 병에 20골드
는 할 걸세.

200만원이라는 이야기였다.

효과가 저리 대단하니 200만원이 아깝지는 않을 것 같
다.

그런데…….

"그, 그럼 200만원이나 하는 걸 들이켰다고요? 3분의 1
이나? 70만원어치를 한 큐에 홀랑 날렸다고요!"

"주인님께 보여드리기 위해서라면 전혀 아깝지 않습니
다!"

"내가 아까워! 그냥 말로 설명해도 알아듣는다고요 그쯤
은!"

"하하하하하하! 어차피 전 쓸 일도 별로 없습니다!"

"그럼 나를 달라고! 뱉어내요. 뱉어내라고요!"

물론 자기 돈도 아니지만 70만원이 단 한 모금에 날아가
니 어이가 없을 지경이었다.

─헐헐헐. 그리고 그 포션을 만드는 주재료가 바로 트롤
의 피이지.

순간 경식은, 붉은 어금니의 피부 재생속도를 깨닫곤 고개를 끄덕였다.

"트롤은 재생력이 빠르니까, 그 피를 이용해서 포션이란 것을 만든다는 것이군요?"

―그렇다네. 하지만 야생 트롤은 강하고, 잡기도 힘들지. 그래서 트롤들을 잡아서 감옥 같은 곳에 가둔 후, 피만 쏙 빼내어 취하는 게지. 트롤들은 생명력이 강해서 먹을 것만 제대로 주면 계속 피를 뽑아낼 수가 있거든.

"……으음. 그렇군요."

이제야 이해했다.

"쩝. 그 녀석에게는 잔인할 만하군요."

경식의 시큰둥한 반응에 왕년 노인이 고개를 갸웃거렸다.

―충격적이지 않은가? 그런 잔인한 짓을 한다는 게?

그 말에, 경식이 고개를 끄덕였다.

"뭐…… 많이 들은 이야기라. 더 심한 경우도 있어요, 제가 살던 곳에는."

물론 한국에서도 저런 경우는 많다. 돼지고기를 얻으려고 수만 마리의 돼지를 걷지도 못하는 좁은 방에 가둬 놓고 지방 때문에 서 있지 못할 때까지 살을 찌워 키운다든가, 젖소를 억지로 임신시켜서 계속 젖이 나오게끔 하여 우유를 짜낸다든가 하는 일.

그것은 경식이 사는 인간 세상에서도 비일비재하게 일어나는 일이긴 했다.

경식은 소고기도 먹고, 돼지고기도 닭고기도, 우유도 키 크려고 겁나 벌컥벌컥 마시곤 했었다.

짐승들이 안되긴 하지만, 어쩔 수 없는 일이라고 생각 중이다.

더군다나 인간을 먹는 트롤이면 말 다 했지. 트롤이 죽건 말건, 그 트롤로 인해 피를 얻어서 모험가나 용병들의 목숨이 산다면 그게 인간에겐 더 좋은 일이라고 생각한다.

하지만, 자신이 트롤이라면 어땠을까?

동족이 감금당한 채 영원히 고통 받고 있다는 걸 알게 되면 어떤 반응을 할까?

아마 경식 역시 똑같이 반응하리라.

무조건 쳐들어가서 구하려고 했겠지.

하지만 그게 잘 안 되었고,

붉은 어금니는 그곳에 갇혔다.

[구하러 갈 거야?]

경식은 당연하다는 듯 고개를 끄덕였다.

"당연히 그래야지. 녀석과 함께하려면 그래야 하니까. 방법을 한 번 생각해야겠네요. 모든 수단과 방법을 가리지 않고……."

경식은 그러면서 포박된 암살자를 바라봤다.

"어쩌면 쉽게 될 수도?"

씨익.

경식이 해맑게 웃었다.

"……?"

암살자의 눈동자가 불안감으로 떨려 왔다.

〈다음 권에 계속〉